却是多情笑我

——钟与月诗词集

钟与月 著

人民出版社

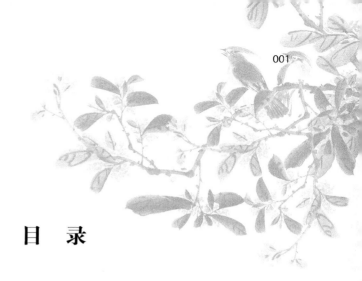

目　录

序一·诗意多真趣，清吟天地宽　　　　　　　　　　　　　　刘宁 / 001

序二·满庭芳·读钟与月同志《却是多情笑我》诗词集有感　　叶小文 / 006

序三　　　　　　　　　　　　　　　　　　　　　　　　　　林峰 / 007

自序　　　　　　　　　　　　　　　　　　　　　　　　　　 / 014

上编·词　　　　　　　　　　　　　　　　　　　　　　　　 / 001

卜算子（南国邓公图）　　　　　　　　　　　　　　　　　　 / 003

浪淘沙（今把故乡归）　　　　　　　　　　　　　　　　　　 / 004

浪淘沙（小院种春风）　　　　　　　　　　　　　　　　　　 / 007

浪淘沙（千古一要冲）　　　　　　　　　　　　　　　　　　 / 008

浪淘沙（春雨又纷纷）　　　　　　　　　　　　　　　　　　 / 009

浪淘沙（又见雪纷纷）　　　　　　　　　　　　　　　　　　 / 010

浪淘沙（除夕最牵情）　　　　　　　　　　　　　　　　　　 / 011

竹枝词（不用他人左右陪）　　　　　　　　　　　　　　　　 / 012

踏莎行（路转峰回）　　　　　　　　　　　　　　　　　　　 / 012

江城子（千年古渡百花浓）　　　　　　　　　　　　　　　　 / 013

临江仙（终日呢喃三两句）　　　　　　　　　　　　　　　　 / 014

临江仙（掩卷夜阑难入寐）　　　　　　　　　　　　　　　　 / 015

临江仙（吊针无声催困意）　　　　　　　　　　　　　　　　 / 016

临江仙（虎踞形胜衔日月）　　　／ 017

临江仙（霜打残荷秋气里）　　　／ 018

临江仙（雾卷云凝左右绕）　　　／ 020

临江仙（湖上千灯连晓月）　　　／ 021

临江仙（千丈无言遗迹在）　　　／ 023

临江仙（一水横陈风暖面）　　　／ 024

相见欢（暖风春雨山河）　　　　／ 026

相见欢（今春雪水偏多）　　　　／ 027

相见欢（故园风色如何）　　　　／ 027

相见欢（古今多少相逢）　　　　／ 028

采桑子（年年岁岁瞳瞳日）　　　／ 029

采桑子（春寒料峭徐徐送）　　　／ 029

采桑子（古城墙下莺声脆）　　　／ 031

采桑子（江南二月芳菲媚）　　　／ 031

采桑子（天心催送秦淮雨）　　　／ 032

采桑子（绿云低映回家路）　　　／ 032

采桑子（登高始觉兰亭远）　　　／ 034

三字令（山海韵）　　　　　　　／ 035

陇头月（果不寻常）　　　　　　／ 036

更漏子（雁丘词）　　　　　　　／ 037

摸鱼儿（五千年）　　　　　　　　　　　　　　　　/ 038

鹊桥仙（几番风雨）　　　　　　　　　　　　　　　/ 039

鹊桥仙（炎光窗下）　　　　　　　　　　　　　　　/ 040

鹊桥仙（微凉轻透）　　　　　　　　　　　　　　　/ 041

天净沙（竹林寺外花红）　　　　　　　　　　　　　/ 042

天净沙（山村雨过云霞）　　　　　　　　　　　　　/ 043

天净沙（长山点点枫红）　　　　　　　　　　　　　/ 043

天净沙（寒光雪夜西风）　　　　　　　　　　　　　/ 045

天净沙（十首）　　　　　　　　　　　　　　　　　/ 046

天净沙（昊天八月风柔）　　　　　　　　　　　　　/ 053

忆江南（红英漫）　　　　　　　　　　　　　　　　/ 054

忆江南（蛙声闹）　　　　　　　　　　　　　　　　/ 054

念奴娇（秋才三日）　　　　　　　　　　　　　　　/ 055

念奴娇（晚霞收雨）　　　　　　　　　　　　　　　/ 056

菩萨蛮（春风剪出芳菲影）　　　　　　　　　　　　/ 058

菩萨蛮（看望已在东楼约）　　　　　　　　　　　　/ 059

减字木兰花（六龙肆意）　　　　　　　　　　　　　/ 062

醉太平（桥前菊香）　　　　　　　　　　　　　　　/ 063

东风第一枝（南北同歌）　　　　　　　　　　　　　/ 065

东风第一枝（人似奇峰）　　　　　　　　　　　　　/ 068

忆秦娥（秦淮月）　　　　　　　　　　　　　　　　/ 069

忆秦娥（又忘形）　　　　　　　　　　　　　　　　/ 070

望江南（粉叶下）　　　　　　　　　　　　　　　　/ 071

望江南（霜满地）　　　　　　　　　　　　　　　　/ 071

望江南（堪爱处）　　　　　　　　　　　　　　　　/ 072

添字浣溪沙（梅蕊枝边倦客来）　　　　　　　　　　/ 073

千秋岁（垂鞭知道）　　　　　　　　　　　　　　　/ 074

千秋岁（桂影横斜）　　　　　　　　　　　　　　　/ 077

西江月（昨日横戈堪忆）　　　　　　　　　　　　　/ 078

西江月（炎夜星河如昼）　　　　　　　/ 079

西江月（三月江南欢快）　　　　　　　/ 080

西江月（今把聊斋翻唱）　　　　　　　/ 081

行香子（休说风霜）　　　　　　　　　/ 082

玉连环（夏日漫兴十题）　　　　　　　/ 083

摘红英（秋风灿）　　　　　　　　　　/ 090

摘红英（年年约）　　　　　　　　　　/ 091

望海潮（山头迎照）　　　　　　　　　/ 092

如梦令（画卷蓝图辉映）　　　　　　　/ 096

渔家傲（今夜秦淮灯独秀）　　　　　　/ 098

唐多令（三月柳风柔）　　　　　　　　/ 099

水调歌头（青史千年过）　　　　　　　/ 101

阮郎归（五湖秋色一船霜）　　　　　　/ 103

蝶恋花（雪压寒枝千百态）　　　　　　/ 105

人月圆（已闻春棹声声近）　　　　　　/ 106

万年枝（花似火）　　　　　　　　　　/ 108

下编·诗　　　　　　　　　　　　　/ 109

五绝（山泉出谷鸣）　　　　　　　　　/ 111

五绝（又见月当空） / 111

五绝（月下秋风爽） / 112

五绝（步马凯公二首） / 114

五律（除旧钟声起） / 116

七绝（六角飞花寒色重） / 118

七绝（空阶夜月片云轻） / 118

七绝（古城寒裹雪欺人） / 119

七绝（未见京城雪半分） / 119

七绝（花香日暖翠云低） / 120

七绝（天垂四野雨濛濛） / 122

七绝（夜雨添凉暑气收） / 121

七绝（乌衣巷口一朱门） / 121

七绝（二首） / 122

七绝（雁背红云今日来） / 123

七绝（浩浩长空月一轮） / 123

七绝（远目当登望海楼） / 124

七绝（重阳四首） / 125

七绝（读《王安石传》十首） / 128

七绝（几笔乡思有浅深） / 133

七绝（非醉非痴一个身） / 133

七绝（十题） / 135

七绝（十首） / 140

七绝（梅报新春别有香） / 145

七绝（姜公垂钓本无物） / 145

七绝（世纪风扬三十年） / 148

七绝（往事如烟好入眠） / 148

七绝（三春时节聚诗星） / 149

七绝（已是人间七十翁） / 150

七绝（抱膝长吟叶落根） / 150

七绝（百尺高枝千尺根）　　　　　　　/ 151

七绝（秦淮水暖月横天）　　　　　　　/ 151

七绝（二首）　　　　　　　　　　　　/ 152

七绝（朝花夕拾板桥前）　　　　　　　/ 154

七绝（形神兼备尽藏情）　　　　　　　/ 154

七绝（十首）　　　　　　　　　　　　/ 155

七绝（图前图后是非图）　　　　　　　/ 160

七绝（宛若游龙九段图）　　　　　　　/ 160

七绝（怀古题诗一尺长）　　　　　　　/ 161

七绝（鹏栖翰墨最高枝）　　　　　　　/ 162

七绝（北国冰城处处秋）　　　　　　　/ 162

七绝（秋风带雨肩头过）　　　　　　　/ 163

七绝（菊黄朵朵近窗旁）　　　　　　　/ 163

七绝（许是苍天昏了头）　　　　　　　/ 165

七绝（十首·外一首·续二首）　　　　/ 166

七绝（山村风软月华明）　　　　　　　/ 173

七绝（身居画室有清风）　　　　　　　/ 174

七绝（三首）　　　　　　　　　　　　/ 175

七绝（癸卯话秋，片段三则）　　　　　/ 177

七绝（随笔三则）　　　　　　　　　　/ 178

七绝（叶公题字妙言来） / 180

七绝（八首） / 181

七绝（秋菊抱拳辞岁时） / 185

七绝（十首） / 186

七绝（菊喜霜天我喜秋） / 192

七绝（莫问梅香有没有） / 192

七绝（陶令归来菊送秋） / 193

七绝（风拂堤边玄武柳） / 193

七绝（三国周郎赤壁舟） / 194

七绝（彭祖关门八百秋） / 196

七绝（散见五则） / 196

七绝（三首） / 200

七绝（二首） / 203

七绝（故国城头寒气催） / 204

七绝（残雪离离寒逼人） / 204

七绝（我本乡间耕作人） / 205

七绝（二首） / 206

七绝（二首） / 209

七绝（三首） / 210

七绝（工而能化意幽幽） / 211

七绝（二首） / 212

七绝（五首） / 214

七绝（秦淮河边拾遗十首） / 218

七绝（韵清辞简感斯文） / 222

七绝（天公作美抱春回） / 223

七绝（三首） / 224

七绝（高情雅致石城行） / 225

七律（秋后依然汗浴衣） / 225

七律（岁月回肠节序明） / 225

七律（溪烟澹澹漫桥东）　　　　　　　/ 226

七律（古道秋深景万千）　　　　　　　/ 228

七律（六首）　　　　　　　　　　　　/ 230

七律（一生吟诵致乾坤）　　　　　　　/ 236

七律（英雄不肯过江东）　　　　　　　/ 236

七律（华山扼险洛阳西）　　　　　　　/ 238

七律（百卅年来春复春）　　　　　　　/ 240

七律（我约春神共举盅）　　　　　　　/ 241

附录　　　　　　　　　　　　　　　/ 242

四言　　　　　　　　　　　　　　　　/ 242

手机铭　　　　　　　　　　　　　　　/ 244

故乡　　　　　　　　　　　　　　　　/ 245

山村之夜　　　　　　　　　　　　　　/ 246

写在后面的话　　　　　　　　　　　/ 249

插图目录

浪淘沙（今把故乡归）　　　　　　　　　／ 005

临江仙（湖上千灯连晓月）　　　　　　　／ 022

采桑子（春寒料峭徐徐送）　　　　　　　／ 030

采桑子（天心催送秦淮雨）　　　　　　　／ 033

天净沙（山村雨过云霞）　　　　　　　　／ 044

天净沙（十首之一）　　　　　　　　　　／ 047

菩萨蛮（看望已在东楼约）　　　　　　　／ 061

醉太平（桥前菊香）　　　　　　　　　　／ 064

东风第一枝（南北同歌）　　　　　　　　／ 066

千秋岁（垂鞭知道）　　　　　　　　　　／ 075

望海潮（露洇高塔）　　　　　　　　　　／ 093

如梦令（画卷蓝图辉映）　　　　　　　　／ 097

人月圆（已闻春棹声声近）　　　　　　　／ 107

五绝（月下秋风爽）　　　　　　　　　　／ 113

七绝（重阳四首之一）　　　　　　　　　／ 126

七绝（几笔乡思有浅深）　　　　　　　　／ 134

七绝（梅报新春别有香）　　　　　　　　／ 146

七绝（姜公垂钓本无物）　　　　　　　　／ 147

七绝（菊黄朵朵近窗旁）　　　　　　　　／ 164

七绝（十首之四）　　　　　　　　　　　／ 188

七绝（散见五则之三） / 198

七绝（散见五则之五） / 199

七绝（三首之二） / 201

七绝（五首之四） / 217

七律（溪烟澹澹漫桥东） / 227

七律（六首之一） / 231

七律（六首之三） / 233

山村之夜 / 247

序一·诗意多真趣，清吟天地宽

刘　宁

　　钟与月先生的诗词创作，清韵超拔，意趣高雅，其诗集《以诗词养性情》甚为诗友所传诵。如今，他的第二部诗集《却是多情笑我》又将付梓，展卷捧读，觉心神俱爽，余味深长。

　　与月先生读诗、写诗，极重一个"真"字。他说："传统诗词之所以能成为中华文化的精髓和象征，归根到底还在于一个'真'字，自然之真、历史之真、现实之真、生命之真、人性之真。"他自道创作之志，则云自己每写一篇诗词，都要抒真情、求真实、寻真淳、达真境。其中抒真情，则为一切求真之本。这部诗集中的《摸鱼儿·再读元好问〈摸鱼儿·雁丘词〉并〈梁祝传〉，步其原韵赋此词》表达了对梁祝爱情的赞颂："五千年、将相无数，壁中遗墨谁睹？颜容虽贵春秋短，不过几番寒暑。乡轶事，却不歇，子规声里传儿女。异声同语。看化蝶纷飞，忠魂直上，振翅随风去。"词中慨叹，古往今来，多少煊赫富贵于一时的人，都成了历史上的匆匆过客，唯有坚贞的爱情故事永远在流传。真情是永恒的存在，诗词所以能生生不息，即在于吟咏真情。与月先生以"却是多情笑我"命名这部诗集，正寄托着书写真情的心声。

　　"真"的含义丰富而深刻。在中国文化中，抒写真情，绝非一味直露粗率、俚俗直白。"真"的灵魂在于"真诚"，在于"天真"。儒家认为，"真诚"是立足人的善良本性的道德境界与道德功夫；道家所追求的"真"，则是合于天道自然的天真之境。诗之求真，是追求真诚而不虚伪、天真而能脱俗，是真善美的统一。与月先生所求之"真"，意即在此。唯有如此之"真"，才能直击人心，才能超越种种纷繁变化，拥有永恒的力量。

真诚之作，不矫饰，不虚伪。与月先生的创作一以情真为本，反对过分雕饰，其《蝶恋花》即赞叹梅花绝去雕饰的素雅清姿："雪压寒枝千百态。素面清姿，隐隐篱墙外。见说唯唯生感慨，丽容无饰尤堪爱。"在创作上，他反对过分雕章琢句，其为叶嘉莹先生百岁寿诞创作的颂寿七绝云："百尺高枝千尺根，诗书煮酒逐黄昏。雕词琢句休言美，意切情真才是魂。"迦陵词作的清雅风标，也是与月先生所倾心向往者。这部《却是多情笑我》中的作品，遣词造句清新秀逸，绝无雕琢堆砌之风，正是以情真为本的体现。与月先生更主张"中律而不受律缚，乃作诗之要义"，其诗云："工而能化意幽幽，语丽非为吾所求。关合无痕藏雅俗，人间百态笔中收。"诗歌的化境，不在妃青俪白、华词丽藻，而在不着一字、尽得风流，与月先生可谓深解此中妙趣。

与月先生的作品，其疏朗天真、清新自然的风姿，很令人难忘。集中的《浪淘沙》刻画在自家小院种菜之乐，平淡有味、亲切可感："小院种春风，雨露情浓。几枝月季半年红。片片菜畦匀作去，手握葱茏。欢语笑声中，浇灌谁同？飞来贴面小蒙童。馥馥家园归兴看，春夏秋冬。"词人在一畦一垄间，手握葱茏，度过春夏秋冬。平淡的生活充满诗意的美好。

真情之作的骨力，来自精神的脱俗。与月先生的《添字浣溪沙·南村观梅杂想》就体现了这样的标格："梅蕊枝边倦客来，冉冉花气紧相挨。香浅香深报春信，斗寒开。脱俗精神天付与，清风明月满襟怀。归去便看黄叶路，扫尘埃。"其中的"脱俗精神天付与"，立意超拔，是梅花精神的写照，也是词人心曲的表达。

在另一首《菩萨蛮》中，与月先生围绕一株无名老树，表达了恬淡自守的意趣："春风剪出芳菲影，当窗雪蕊尤新颖。花映半园庭，夜阑如月明。虽非香气进，得见诚为幸。老树不求名，韵随风雨声。"老树不求声名，不以香气招邀，繁花满枝，自开自落。如此超逸的灵魂，脱俗的襟怀，令人钦敬，亦回味无穷。

与月先生笔下的天真之词，也有着超旷开阔的意境。古今诗人众多，与月先生最爱东坡。这部诗集的标题亦自东坡词作化出。东坡以超旷的胸襟面对世间万物，而与月先生的许多佳作，也充满超迈之思，真率豁达，如其《行香子》云："休说风霜，休说奔忙。也休说谁弱谁强。两行朱墨，半盏茶汤。听古今曲，新歌醉，旧歌狂。依然暑气，依旧桥旁。依稀闻得稻花香。此回故里，宜短宜长。正梅雨天，枇杷熟，杏娇黄。"这首词是有感于江南入梅半月无雨而作，在晴雨失时的天气中，作者虽然感受不到梅雨时节的烟雨迷蒙之美，但故乡的稻花香、枇杷熟、杏娇黄依然处处令人陶醉流连。这份随缘自适，与上阕通透的人生感悟相呼应，抒写了"自适其适为至适"的豁达。

与月先生有深厚的家国情怀，其第一部诗集《以诗词养性情》抒写了许多资政思考、建言关切，字里行间是为国奉献的满腔热情。在这部《却是多情笑我》中，许多超旷之作也体现了关心天下的开阔胸怀，展现了对国家前途发展的信心，其《千秋岁》吟咏参加全国政协常委会聆听工作报告时的感受，造境飘逸开朗，运思也十分别致："垂鞭知道，云散千峰俏。歌一路，东方晓。天高山水阔，唯是君行早。青岭上，沧浪万叠都看了。玉局多含笑，白石倾情到。蜗角事，无生恼。大江南北地，雨后风烟好。今许国，雄辞锐气乾坤扫。"工作报告所展现的开阔蓝图，令作者鼓舞奋迅，深深感到现实中一时的曲折与风浪，阻挡不住祖国前进的信心与力量。全词有苏词的洒脱，又将新时代资政履职的独特体验融会其中，开拓出新的词境。

在诗意的推敲锻炼上，与月先生极为用心，有许多独到的探索。这部诗集中的不少作品颇富理趣，如《蝶恋花》吟咏梅花的清雅，其下阕由上阕对梅花的倾心挚爱，转向看淡荣枯的洒脱："花少花多非是碍。花落花开，休说成和败。花后花前同等待，荣枯撕尽原神在。"无论花开花谢，梅花的灵魂始终超越眼前的荣枯而存在，这是令人回味不尽的妙理与妙趣。其《陇头月·友人相邀，居地夜观昙花》则从昙花的片刻开谢，感悟世间变化的匆匆脚步："果不寻常。冰清玉骨，夜半来香。俏立横枝，幽然月影，妩媚正芳。转头换了阴阳，纷华去、匆匆一场。大道无言，天公有趣，值得思量。"这些启人深思之理，不是枯淡的说教，而是融化在情境意象之中的理趣，读来颇可玩味。

这部诗集还有许多流连风物的吟咏，清景如绘，秀雅飘逸，例如《采桑子·寄居东郊，偶成》："春寒料峭徐徐送，几处篱丛。残雪西东，白日无尘徒步中。流霞一抹钟山下，变化无穷。何必匆匆，隔壁梅条已吐红。"又如《采桑子·秦淮春晚》："绿云低映回家路，星斗斑阑。曲岸烟含，垂水枝头不见寒。暖风吹得啼莺睡，始觉香残。此去家山，笑踏篱门五里湾。"词作造语清丽细腻，诗境淡远，引人遐想。又如《十题南山竹海》其四："春山呼我采新茶，溪水前头是晚霞。煮石投壶窗下坐，山灯点点似莲花。"春山采茶，溪水晚霞，煮石投壶，山灯如莲，种种颇具匠心的意象，刻画出山林闲居的幽雅。又如《玉连环·夏日漫兴》题八："微绽荷花似烛，暗香馥馥。一湖翠色入城来，掩映处，摇红绿。烦暑莫烦小酌，无人催促。幽怀逸性寄沧浪，玄武夜，秦淮曲。"上阕吟咏荷花于一湖翠色中暗香清远，兴象宛然。又如《醉太平·吴村途中即成》："桥前菊香，湖边夕阳。轻风细细微凉，正深秋路长。红枫两行，芝兰挂窗。霞云剪破吴霜，好家乡怎忘？"词中刻画江南秋日景象，历历如绘而意境淡雅。

捧读与月先生一篇篇真情之作，既为其清韵无华之美所感动，又为其通脱超拔之思所启迪。全国政协深入开展委员读书活动，十三届全国政协书院曾开设"国学读书群"与"诗词艺术古今谈"委员自约书群，我在两个群中担任过群主，全程参与了其中开展的学习与讨论，收获甚丰。与月先生十分关心群中的研讨，多所赐教，我因此有幸认识与月先生，向他学习。诗词群的思考颇具新意，始终用心于诗艺的妙理与妙道，体会创作与欣赏的妙意，精彩纷呈。与月先生对诗词艺术，爱之深，亦思之深，更有不断琢磨锻炼的用心与至诚。他妙得诗义的赐教让群中的诗艺切磋更加深刻；而其吟哦不辍、日日推敲的专注，也深深感染了许多委员。与月先生对诗词群中的讲座给予高度肯定，他说："这么成系列的高端诗词讲座，在政协历史上可能是第一次，这不仅对委员学习是很大帮助，对中华优秀传统文化的传承发展，也是很好的推动。"诗词群结束后，群中的诗词讲座结集为《诗者天地心：当代诗词名家讲诗词》由人民文学出版社正式出版，与月先生对此给予了热情鼓励与支持。这部《却是多情笑我》中的不少作品，正是创作于诗词群绵延数月的研讨期间。这些于天然洒脱中颇具造语造境苦吟之工的佳作，此番捧读，让我不禁深深回想起群中日日切磋的美好，对与月先生的精神与艺术追求，也有了更深的体会。

与月先生这部《却是多情笑我》所表达的旷达之思、恬淡之意，饱含着对世界、对人生的热爱，其词意之真，是笔底的真情，更是胸中的真趣。词作中的一山一水，一觞一咏，是自然的光华，也是人间的温情，有体贴万物的真挚，也有俯仰天地的开阔。相信与月先生对真情真趣的追求，会不断升华，造就更动人的诗境，为诗国更添瑰丽的景象。

2023 年 12 月

（作者系第十三、十四届全国政协委员，第十四届全国政协文化文史和学习委员会委员，中国社会科学院文学研究所古典文献研究室主任）

序二·满庭芳·读钟与月同志
《却是多情笑我》诗词集有感

叶小文

堪羡风清，堪夸气爽，晚天非囿残阳。

天教见性，秋老菊花黄。

十载耕耘采撷，咫尺地，著意非常。

相望去，绿红掩映，自是满庭芳。

毋忘，尘掩面，风霜雨雪，始得文章。

更偏爱分明，只在添香。

未必苏辛李杜，但吐了，一片衷肠。

情无限，回头再话，明日月更长。

2023 年 11 月 2 日

（作者系第十三届全国政协文化文史和学习委员会副主任、
全国政协委员会读书活动指导组副组长）

序 三

林 峰

诗者，何物哉？珠玑也、金玉也。元人郝经曾道："诗，文之至精者也，所以歌咏性情，以为风雅。故摅写襟素，托物寓怀，有言外之意，意外之味，味外之韵。"（《与撖彦举论诗书》）近读金陵大贤与月先生新作《却是多情笑我》一书，颇有如斯体悟也。与月先生骨骼俊伟，经纶满腹，从政则玉尺持身，令肃风霜；为文则楚骚在眼，笔生锦绣。读其诗则感其才识，品其词则仰其气格也。试读其诗：

五绝

为友人补笔之余，得一短句。

又见月当空，月同人不同。

故园山色好，丹桂对丹枫。

皓月当空，清辉满地；银盘高挂，流彩经天。当此际，便谁见了都会生发诸多遐想，令谁遇到都会涌上无边幽绪。不论是"待月西厢下，迎风户半开"之浪漫，不管是"明月几时有，把酒问青天"之潇洒，亦或是"当时明月在，曾照彩云归"之精艳等等，都已并存于世，成为经典。与月先生此时，面对昔日同样之明月，而今日赏月之人却已不同，不得不感叹人事之无常，而天地之无恙。望着满园秋色，青山红树，诗人短暂之遗憾顿时被故乡无限之美好所替代，丹桂飘香已让人沉醉，若再佐以似火丹枫，这一番热烈岂不将人熔化。诗人一语一变，可谓句句在变，时时在变，一如南宋姜夔之言："波澜开阔，如在江湖中，一波未平，一波已作。如兵家之阵，方以为正，又复是奇，方以为奇，忽复是正。出入变化，不可纪极……"（《白石道人诗说》）如此谋篇之巧妙，足见其独运之匠心也。

七绝

过王谢纪念馆

乌衣巷口一朱门，江左风流水作邻。

老阁前头新柳弱，店家檐下认遗痕。

乌衣巷位处金陵秦淮河畔，为晋代王谢两家豪门大宅之所在，两家子弟常以乌衣显贵，因而得名。平日里乌衣巷门庭若市，冠盖云集，王导、谢安、王羲之、王献之、谢灵运等一时巨擘皆出自于此。与月先生一日过乌衣巷口，瞻仰王谢旧居，见楼阁高耸，翠柳随风；商铺林立，人声鼎沸，好一派繁华景象。复忆及千年桑海，早不知斯人何处，而江左风流，衣冠宛在也。与月先生抚今思昔，触景生情，自难免感慨万端，浮想联翩。"江左风流"一语出自《南齐书》卷二三《王俭传》："俭常谓人曰：'江左风流宰相，惟有谢安。'盖自比也。"与月先生将此典用于此诗，可谓恰到好处，有着手成春之妙，自是平时熟读经史，成竹在胸，故能化典无痕，落笔圆融也。再读其七律：

七律

顷接千岸公《忆敦煌》一首，欣然提笔，步韵和之。

古道秋深景万千，沙都锁钥少风烟。

胡杨不朽铮铮骨，大漠长流汩汩泉。

西出阳关丝路在，东来陌上花雨连。

留君夜饮陇南酒，昨日神舟又问天。

赓和之作，看似易写，其实难为。今人往往以次韵为能一写了之，不求原诗意图，不顾原诗主题，自顾自地率性而为，其实早已失去和作原旨。宋人洪迈曾在《容斋随笔》中写道："古人酬和诗，必答其来意，非若今人为次韵所局也。"无独有偶，元人杨载亦于《诗法家数》中有言："赓和之诗，当观原诗之意如何，以其意和之，则更新奇。"今观与月先生所作，则大有古人之风，已承先贤遗韵。吾亦曾读千岸先生原作，今再读与月先生诗，便有互为渗透，首尾呼应之感。两者虽出手不同，却异曲而同工，可见与月先生于原作理会之深，咀嚼之细。千岸先生原作用"党河新柳双双燕，常忆敦煌碧玉天"两句作结。与月先生和以"留君夜饮陇南酒，昨日神舟又问天"，于紧扣原旨之下，又翻出新意，且将神舟飞天纳入其中，使诗中境界再拓，家国情怀顿显也。读罢其诗，再赏其词，看看又是怎样一番景致。

采桑子

今日天晴，远足寓皖，信手而作。

登高始觉兰亭远，满眼秋光，笑踏新霜。

今日随人非故乡。

当年太守怡山水，醉写文章，漱石流觞。

泉上乔松百尺长。

《采桑子》词为与月先生寓皖期间之作。辛丑重阳刚过，天高云淡，金风送爽，最适宜登高揽胜，凭栏念远。此时，词人纵目四顾，但见秋光浩荡，橙黄橘绿；清霜满眼，桂馥枫丹，"最是江南好风景"也。此地虽非词人乡土，但江淮风物，一衣带水；苏皖风光，略相似尔！词人到此亦难免有故里之思也。当年欧阳永叔谪守滁州时，曾作《醉翁亭记》记其游历，遣其清怀。此番与月先生重循太守旧迹，重读太守文章，复见漱石清涧，曲水流觞，不觉有词人心性翻滚激荡，有几多喟叹倾注笔尖也！词人最后以"泉上乔松"作结，是谓生涯有限，唯有青松不老也！全词言简意赅但峭拔奇崛，韵味悠长。"煞尾多减字，须劲峭，劲峭则字过音留，可供摇曳。"此为清人周济语，今用作此词评语，亦很是合拍。"漱石流觞"一句出自《世说新语》"流可枕，石可漱"。

添字浣溪沙

南村观梅杂想

梅蕊枝边倦客来，冉冉花气紧相挨。

香浅香深报春信，斗寒开。

脱俗精神天付与，清风明月满襟怀。

归去便看黄叶路，扫尘埃。

梅，琼枝碧蕊，带雪含烟；冰肌玉骨，破腊传香。自汉初始民间便有赏梅之习俗，唐人宋璟尝于《梅花赋》中写道："独步早春，自全其天。"历代骚人雅士更将梅花不惧霜雪、凌寒独放之特性与人世间高雅脱俗、洁身自好之品行相互模拟。梅胎雪骨、冰心洁操已成世上美好之象征，种梅、养梅、观梅、赏梅，以至于画梅、写梅、咏梅、爱梅，皆成大雅高士之操守。一日，与月先生有南村赏梅之约，待喧嚣散尽，隐约之间便有梅芳诗兴缓缓袭来。与月先生哪能轻易放过，便以"梅边倦客"起笔，可见其与众不同之构思，此倦客系一己乎？友人乎？词人并未表明，是先设一伏笔。接下之暗香花气，凌寒斗雪，自不待言。妙在下阕"脱俗精神天付与，清风明月满襟怀"两句，此为与月先生观梅体悟与词中之眼所在也。脱俗精神自是上天赐与，而明月襟怀却为词人心下所系，个中顿悟可视为天人合一之无上妙境也。再读其长调：

水调歌头

步韵千岸公《水调歌头·汉中遗梦》。

青史千年过，川上数英雄。

茅庐三顾论势，宰辅两朝中。

只手敢撑汉厦，剿抚同耕蜀地，柔臂挽强风。

五丈原头日，尽瘁大河东。

孟七放，祁六出，锦囊封。

传奇一世，草船借箭最奇功。

故事沉埋浪底，流去英雄无限，羽扇在巅峰。

莫怅岫云重，举首见飞鸿。

汉中为诸葛孔明长眠之所，北依秦岭，南屏巴山，称之为三国名城，兵家重镇，毫不为过。诸葛孔明当年便曾屯兵于此，养精蓄锐，六出祁山，讨伐曹魏。后终因国力日衰，独木难支，病逝于五丈原头，后归葬于沔阳（今勉县）定军山。今汉中武乡便为昔日孔明分封之地，故汉中与孔明渊源极深。观与月先生所作《水调歌头》说的便是诸葛孔明辅助先主刘备，鼎定三分，鞠躬尽瘁之不朽往事。故与月先生之谋篇就不局限于汉中一地，而将视野放置于整个风起云涌的英雄时代，从诸葛亮初出茅庐，独撑危局；到草船借箭，火烧赤壁；再到六出祁山，七擒孟获。与月先生已将诸葛丞相毕生功业悉数囊括于字里行间。从中亦可见与月先生于三国典故烂熟于心，故能信手拈来，挥洒自如。考史上吟咏孔明之作甚多，今人再写便很难出彩。但与月先生却写得繁简从容，疏密有度，令诸葛形貌于千年之后呼之欲出，极其生动。清代沈德潜有云："怀古诗必切时地……简而能该，真史笔也。"（《说诗晬语》）其余作品如：

玉树琼枝依白鹭，十里霓虹。

——《浪淘沙·夜游淮安古运河文化走廊》

秋才三日，便来了，满眼霜天风色。

——《念奴娇》

葡萄架下，香芹吐了新芽。

——《天净沙·夏锄》

仙风道骨古今人，幅幅是，中华气息。

——《鹊桥仙》

花映半园庭，夜阑如月明。

——《菩萨蛮》

大江南北地，雨后风烟好。

—— 《千秋岁》

若非肠断生惆怅，许是诗肩抖玉麟。

—— 《七绝》

花香日暖翠云低，柳入山塘百鸟啼。

—— 《七绝》

声声在耳民为贵，字字穿心见远谋。

—— 《七绝·读〈王安石传〉十首》（之一）

春山呼我采新茶，溪水前头是晚霞。

—— 《七绝》（十题之四）

风拂堤边玄武柳，石头城下桨声柔。

—— 《七绝·秋日玄武湖即景》

诸如上述例句，无一不可吟，无一不可诵，且可圈可点，可品可鉴。或灵动、或清空；或蕴藉、或深沉。或诗中有画，夺人眼目；或画中有诗，启人心智。俱造境新奇，自出机杼；想象无际，洞天独居。每接与月先生诗章，皆有赏心之乐，悦目之快也。与月先生温文儒雅，好学不倦，平日里博览群书，才贯二酉。发之吟咏自然眼界辽阔，情致高远。描景则山光水态，景与意合；咏物则花香鸟语，即物达情。说理则抽丝剥茧，层层深入；咏史则兴废感慨，俯仰千年。"器大声必闳，志高意自远。"（南宋·范开《稼轩词序》）故读与月先生所作，如探竿影草，能开茅塞；又如与之促膝，风生座上也。集中佳作琳琅，限于篇幅，自不能一一析解，只好有待于列位看官日后细细赏阅也！

是为序！

癸卯腊月前二日于京东一三居

（作者系中华诗词学会常务副会长兼理论研究与评论部主任，
首都师范大学特聘教授）

自　序

　　《却是多情笑我》，是我第一本诗集的续编本。原本是将十数年来的诗词，一并付梓于全国政协"委员读书笔记"丛书，只是因为数量偏多，只能分开作为续编本刊出。这个书名是从苏轼《念奴娇·赤壁怀古》中化用的。这句话在自己的创作中也化用过。确定这样的书名，主要是基于本人对诗词这一优秀传统文化和苏东坡这一伟大诗人的热爱与倾慕之情、之心。

　　诗词是心灵的绽放。苏轼才情过人、智慧过人，他的诗词我读了一遍又一遍，每读一遍都受到感动，每读一遍都会感受到有某种心灵上的触引，每读一遍都会感受到是一次在智慧之光照耀下的艺术穿行。特别是他的出手不凡、对事物要义的把握，对现实洞察摄取的能力，拿得起放得下的豁达和通透影响了一代又一代人。《念奴娇·赤壁怀古》是他超旷词风的代表作，一句"故国神游，多情应笑我，早生华发"，彰显了令人生敬的寄慨，抒发了前所未有的认知和从容。这些年来，我也写了八百余首诗词，但回过头来看看苏东坡这句话，猛然觉得像我这样一个门外汉，竟然在诗词"王国"里也神游了十数年，这真是"多情应笑我"了。

　　诗词是言情寄情的载体。一定意义上看，每个人的生活乃至每个人的生命都有可以多情、可以言笑的内容，个人是这样，家庭是这样，社会亦是这样，诗词更是这样。古人云："诗以言情，歌以咏志"，"诗者，天地心"。诗的内容在一定程度上反映了诗人当时的心情、状态和襟抱，渗透诗人的情感生活、精神意趣。正如中国社会科学院文学研究所刘宁教授所言，"学习古典诗词，可以在很开阔的意义上实现精神的陶冶"。这种"陶冶"、这种"诗心"的表达和流露，形式多样、丰富多彩、不拘一格。我以为，它可以是豪迈的，也可以是婉约的；可以是俏皮的，也可以是深情的；可以是喜气的，也可以是悲慨的；可以忘忧，也可以感叹；可以是紫罗兰，也可以是玫瑰花，不一而足。毛泽东主席说过，古诗词"一万年也打不倒"。之所以打不倒，我想可能这也是原因之一。

诗词以达情为本。白居易说得好：诗者，根情。生命中最美丽的事情之一就是情感的体验与分享。把对"人、事、物、景、情、理、志、知、趣"以及"喜、怒、哀、乐、忧、思、惧"的表达建筑在"多情"的根基上，抒发真情实感，是我的习作诗词的一个基本追求。这些年，我写的几百首诗词，内容都来自生活，特别是日常的工作学习和生活，而这些又大多是自己赋予生活体验后"自作多情"的产物。或者说，是自己与某种生活片段的对话交流。这种对话交流，有与历史的，也有与现实的，有向外的，也有向内的，有与人物的，也有与自然山水的，等等。把诗词创作放在这样一个对话交流平台上，内容也就会变得丰富多彩和有趣。这其中即便是言志之类，也都是在这方面上努力植根的，以至于同志友人专家学者之间互相赓和酬唱，则更注重在传达美好、健康、乐观上着力用心，努力去追求和构筑一种愉悦、向上、正能量的氛围和状态。细想起来，这样一种习作实践和生活，似乎也是够"多情"的。

诗词以境界为上。生活在这个世界上，每个人的阅历、背景、见识不一样，角度、角色不一样，人生的认知就不会相同，带来的结果也就不尽相同。苏东坡当年被贬到海南时，海南还是一片蛮荒之地，是生还是死，不得而知。但他没有抱怨，没有消沉，反而写下了"九死南荒吾不恨，兹游奇绝冠平生"的天涯绝唱。这是何等的胸怀！何等的壮美！简单认为这不过是一种"精神自慰"，那就显得过于浅薄了。那么究竟是什么让苏东坡心静如水、无哀无惧？说到底，是情怀使然、境界使然、持守使然。正像叶嘉莹先生所说："若要在人生的风吹雨打中站稳脚跟，不被打倒，人要训练自己在心境上留有余裕，保持一份化悲苦为乐趣的赏玩的意兴。"站在这样的角度上看，悲壮豪迈、可歌可泣和高卧冰壶、恬淡操守，都是一种情怀的体现，都是一种"多情"的结果。从本书的视角而言，多年的习作学习和实践，自己也在努力拓展人生心境、生活哲思和习作感悟，加深对"志之难也，不在胜人，在自胜"的认识。因此，本书不论是写"家国天"，还是叙"人物地"，不论是寄情遣怀，还是逸趣感叹，都注重传递乐观向上这一"多情"的本质追求。

作为自序，以上一段话是为本书的题解。

与第一本诗词集相比较，本集也体现了一些不同。

首先，如果说第一本集子主要是以词为主，那么这个续编本子则是词与诗大体平分秋色。就我个人体会而言，写诗似乎比填词要更难一些。填词是一种长短句的组合，弹性比较大，特别是节奏韵律很尽情很尽性。律诗更讲究工整对仗，无论是形式还是内容相对都比较严肃。续编本中，不论是词还是诗，我都在其作品前面，简要加了一个写作原因和背景的小序，或一句话或几句话，目的是寄望于为诗词抒情表意作一个补充。诗书画古来同一体。苏东坡曾经说过"诗不能尽，溢而为书，变而为画"，同时他又讲"书乃诗之余"。这次我也作了尝试，把诗词集的内容都书写了一遍。中国书协孙晓云主席讲"书法有法"，严格意义来说，自己这种书写还称不上书法，但之所以这样做，一是对自己二三年来的临帖做一个检点和阶段性小结，二是立此存照，把它作为未来领略和实践诗书画"三位一体"的衡量坐标并由此再出发。

习作诗词这些年，我始终本着一条：诗词的笔触必须紧贴在时代的脉搏上，为时代而赋，为进步而歌。第二本集子中，这些内容或是体现在讴歌党的代表大会上，或是反映在政协的履职活动中，或是呈现在三年抗击新冠疫情的过程里，或是蕴含在领略大自然山水情的吟诵间，等等，与第一本集子一样，都继续着健康、美好、向上的精神的传递。扬州大学文学院刘勇刚教授曾用"言志、缘情、资政"六个字概括了本人第一本诗集的内容。同样，第二本集子中一些作品成稿时，我还在全国政协履职，"资政"仍然是不可或缺的责任担当。在全国政协这个"大学校"里面，对什么叫群英荟萃？什么叫肝胆相照？什么叫双向发力？等等，自己有了更深切的感受。身处于这样的工作氛围里，使自己有了更多的学习思索和回顾检点的时间，因而许多"资政"内容的作品既成稿于这一时段，也丰富于这一时段。此外，古往今来，山水吟诵历来是诗词的重要内容。一山一水、一草一木都是自然精神的存在；山水情也是家国情。《南山竹海十题》《夏日漫兴十题》《赞苏州》《无锡吟》和《太湖三山岛》等篇目，虽说不上有多大气势，也不一定有什么震撼，但期冀的就是以一个小的口子切入，在这些"似曾相识"的环境中"感物兴情"，从而能感受到某种欣喜或是新意来。

关于这部集子的编排体例，分为上下二编，上编为词，下编为诗，词按词牌归类，诗按五绝、五律、七绝、七律的体裁归类，各类之下再按写作时间排序。全书共收录词作 96 首，诗作 195 首。另有几篇杂言及散文诗，敝帚自珍，不忍割爱，一并列入附录，方家一笑。

为书有序，古今有之。以上是本人对书名由来、写作背景与秉承以及融贯其中的关于诗词创作的一些认识，作一个简要叙述，姑且就此算作一个自序吧！

钟与月

2023 年 9 月

·上 编·

词

卜算子

为广东友人调北京工作而写

南国邓公图，赤县东风鼓。
一马当先蹈险途，领得龙头舞。

今日去京都，料是中枢住。
补月修云一万重，理政要文武。

（2013 年 5 月 1 日）

◎注：

邓公：这里指邓小平同志。

图：这里指蓝图。

浪淘沙

2003 年抗击非典，余积劳突发耳聋，又因未及时就诊，因之成疾。蒙总书记等中央领导同志关怀，批准回江苏工作。作于从海口回南京的飞机上。遣怀。

今把故乡归，人愿天随。

征衣未解带恩回。

无雨无风无闹语，坐看周围。

朝见曙光微，晚沐余晖。

庭前老圃彩云垂。

秋菊冬梅分早晚，加种玫瑰。

（2015 年 1 月 6 日）

◎注：

闹语：喧闹之声。

浪淘沙

一九七三年秋去韶山。余积劳政窘
发作再奏。又因未及时就诊。而
咸疲。蒙总书记等中央领导同
志关怀。批准回江苏二作稍遣怀。
海心飞往南京妙武橾上遣怀。
今把故乡归人愿之随征。
永未解带恩四。毛雨毛风去

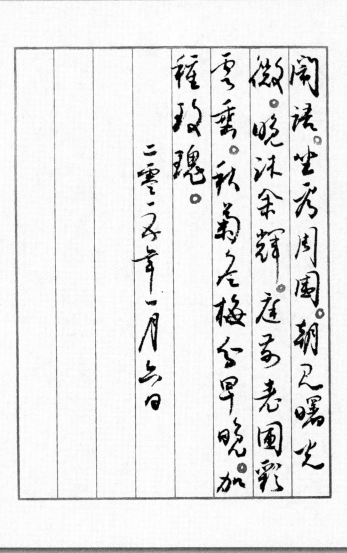

闹语。坐卧周围。朝尺曙光
微。晚沐余辉。庭多老围栽
云云。秋菊老梅公早晚加
种玫瑰。

二零二五年一月六日

浪淘沙

辟菜地二垄，栽培自食。趣而作。

小院种春风，雨露情浓。

几枝月季半年红。

片片菜畦匀作去，手握葱茏。

欢语笑声中，浇灌谁同？

飞来贴面小蒙童。

馥馥家园归兴看，春夏秋冬。

（2015 年 4 月 20 日）

浪淘沙

夜游淮安古运河文化走廊

千古一要冲，今得躬逢。

夜清明月过城东。

玉树琼枝依白鹭，十里霓虹。

楚地淮阳风，画舸游龙。

筝人有语意重重。

绰约楼台波影里，两岸朦胧。

（2015 年 9 月）

浪淘沙

午间，接胡占凡同志"甲辰立春"词一首，依韵而答。

春雨又纷纷，寒减三分。

啼莺傍岸柳间闻。

碧玉团团芳意早，寸寸新痕。

别了雪敲门，南北生温。

吴天二月万千村。

相问相逢抿一笑，处处生根。

（2024 年 2 月 4 日）

浪淘沙

日前春雪一场，余务农多年，深知其对庄稼弊多利少。有感而发，填此词。

又见雪纷纷，直到黄昏。

伤春消息不时闻。

乍暖还寒难作息，欲语无门。

黄犬吠山村，少了温存。

农家心事向君论。

忧地忧天忧岁月，苦煞老身。

（2024 年 2 月 6 日）

浪淘沙

农历年三十，席上有感

除夕最牵情，围坐遐龄。

三更过了五更迎。

微信隔空传短语，祝福声声。

老少俱盈盈，斟酌难停。

解囊争把慷慨呈。

天下团圆天下悦，百岁人生。

（2024 年 2 月 10 日）

竹枝词

散步

不用他人左右陪，无需什么好器材。

自由自在轻松走，缺月初弓缓步回。

（2015 年 5 月 13 日）

踏莎行

登山

路转峰回，月涵山道，

风微露沁人行早。

林幽谷静竹亭台，隔溪闻得子规叫。

小径连冈，片云相扰，

登临已觉芳菲少。

蓦然回首身已高，千重目断须归了。

（2015 年 5 月）

江城子

　　与张庆生、曹当凌同志一行察看千年古巷西津渡。小巷逶迤，青石铺陈，飞阁雕檐，修旧如旧，古色古香也。

千年古渡百花浓。

旧时空，遇东风。

石痕水月，飞阁舍庐同。

古道巷中独自语：今日事，万年功。

（2015 年 7 月 5 日）

◎ 注：

　　西津渡：位镇江市，历史文化古街。

临江仙

鹦鹉

终日呢喃三两句，幽禽飞旋金笼。

月钩高挂北枝丛。

忽闻林上语，疑似主人公。

负手相看投一笑，分明言不由衷。

尽倾妖娆作玲珑。

摇唇尤有唱，误己误人中。

（2015 年 8 月 7 日）

临江仙

《苏轼传》今日读完。怀其人，感其事，念其历遭劫难，然旷达放逸依旧，一代天骄矣。

掩卷夜阑难入寐，意浓举步溪西。

芦花夹岸远峰低。

月华如水，牵我五更衣。

昨事今看偏剑气，乌台百日缘诗。

知州四任苦支离。

壮心未铄，德政妇孺知。

（2022 年 9 月 8 日）

临江仙

痔疮复发，住院治疗。戏语自谑。

吊针无声催困意，半天三百西西。

翻床二换仗君移。

影灯高照，坦露自无疑。

今日多情追往事，分明久坐堪悲。

近来长是血凝衣。

推门好问，狼狈到何时。

（2022 年 10 月 18 日）

◎注：

西西：cc 音，喻毫升量制。

临江仙

题紫金山天文台。喜闻剑华主席大型报告文学《向苍穹》即将面世，欣然而作。

虎踞形胜衔日月，龙盘壮丽山河。

摇篮一曲慷慨歌。

窥天穹顶在，长镜仪巍峨。

借得天梯奔梦去，琼田玉界银波。

嫦娥入舞喜相和。

风调雨顺事，引领百年多。

（2023 年 4 月 26 日）

◎ 注：

摇篮：紫金山天文台于 1928 年成立，中国现代天文事业由此诞生和发展。

嫦娥：喻中国探月工程"嫦娥"系列探测器。

临江仙

顷接千岸公《临江仙》词一首，步韵赓和。兼怀中秋。

霜打残荷秋气里，棱棱劲节依然。

夜凉犹喜薄风绵。

起听莺语软，声落在门前。

人到中秋何处去，月圆故里乡间。

西村旧圃菊花天。

似曾相识地，抚物感当年。

（2023 年 9 月 11 日下午）

附千岸公原玉

临江仙

秋日北戴河观海

终日逐浪长风里，潮平来去翩然。

只言今此却缠绵。

玉龙当共舞，浩瀚应如前。

未至千般留遗恨，参差诗样人间。

寄情江海阔云天。

碧涛连碧落，秋色点秋年。

（2023 年 8 月）

◎注：

是日小潮，留下遗憾，寄情爽日华秋。

临江仙

又闻刀郎新作《花妖》成为热搜，一如既往，歌词晦涩。余无力解析，仅随笔记此文化现象。

雾卷云凝左右绕，花妖上了头条。

愧无解语惹心焦。

春歌依在，秋曲试新潮。

月下红枫行处好，朦胧便是相邀。

出群姿色韵偏娇。

蜀衣摇曳，梦寄自陶陶。

（2023 年 9 月 16 日午间）

◎注：

蜀衣：刀郎籍四川。

临江仙

夜过宜兴隐龙谷君澜酒店

湖上千灯连晓月，门前芳树朦胧。

沁人香气满园中。

吴天风物在，龙谷郁葱葱。

本是山村深宕口，尘飞乱石千重。

如今游客四时逢。

纵横多少景，景景不相同。

（2023 年 11 月 8 日）

◎ 注：

隐龙谷君澜酒店：2018 年在废弃石矿上改造而建，实属修复生态之义举。

宕口：露天采石场。

临江仙（湖上千灯连晓月）

临江仙

袍过宜兴隐龙岩只瀰酒店

湖上千灯连晓月。门高芳

树朦胧。沁人香气满园中。

吴王风物在。龙岩都蕴之。

莫是山村深宏口萋飞乱。

石子重。如今游宏四时连。

纵横为妙景。景之山相同。

二〇二三年十月八日

临江仙

登南京古城墙有感

千丈无言遗迹在，蜿蜒处处牵魂。

金汤四面帝心深。

一声坚壁起，偏据作乾坤。

木落风摇人已去，枯荣几个黄昏。

六朝风物最堪论。

古城天挺秀，百里十三门。

（2023 年 11 月 28 日）

◎注：

十三门：南京有城门 13 座。

临江仙

千岸公传来"厦门迎春"词一首，家国情怀跃然纸上，夜不成寐，步韵敬答。

一水横陈风暖面，鼓浪沙细花新。

相看满眼是游人。

夕阳遮不住，风雨往来频。

牵手登高楼上去，观潮昨夜今晨。

惊涛拍岸更思君。

苍苍南国树，滚滚月潭云。

（2024 年 3 月 5 日）

附千岸公原玉

临江仙

厦门迎春

千里寻春冬渐尽，闽台柔叶苏新。

此时风候最宜人。

浪拍旌旆动，峡暖燕来频。

隔海乡愁怀梓梦，月明还待熙晨。

手持石牒问阿君。

槐香淳若故，何日驾归云？

（2024 年 2 月）

◎注：

石牒：即谱牒。

槐香：大槐树喻祖根文化。

相见欢

"一场春雨一场暖"。下旬以来数日小雨今止，天气放晴，春景渐浓。余客居吴村，以此长短句写之。

暖风春雨山河，逐寒波。
千柳枝摇条摆、状如梳。

绿云裹，红霞卧，小诗多。
大美在前谁唱、旧时歌。

（2024 年 2 月 22 日）

相见欢

甲辰正月，友人约赋。

今春雪水偏多，少阳和。
年去年来无异、快如梭。

纵横过，平心坐，乐呵呵。
待得南山梅放、莫蹉跎。

（2024 年 2 月 25 日）

相见欢

村西冬青数株，野生野长。提笔戏之。

故园风色如何，责声多。
修剪误时芳树、招藤萝。

拥路左，勉强过，问东坡。
却是多情笑我、曰诗魔。

（2024 年 3 月 3 日）

相见欢

为溧阳淳化阁帖石刻陈列馆题照。

古今多少相逢，不匆匆。
唯有右军能挽、夏和冬。

刊碑重，龙蛇动，各称雄。
勒石新成代代、与君同。

（2024 年 3 月 8 日）

◎ 注：

　　右军：即王羲之，曾任东晋右军将军，世称王右军。

　　龙蛇：喻书法笔势。

采桑子

元旦茶话会，辞旧迎新

年年岁岁瞳瞳日，欢笑声哗。

暖语交加，携手相看满面花。

舞台徐出春风意，岭上红霞。

柳下人家，水韵江南飞燕斜。

（2016 年 1 月 1 日）

采桑子

寄居东郊，偶成

春寒料峭徐徐送，几处篱丛。

残雪西东，白日无尘徒步中。

流霞一抹钟山下，变化无穷。

何必匆匆，隔壁梅条已吐红。

（2016 年 2 月 2 日）

采桑子（春寒料峭徐徐送）

采桑子

寄居東都偶感。

春寒料峭徐之送。發雲萬
嶺殘雪西東。白日無差往
出下冻霞一抹暄山下变
化无窮。何必为之隔壁梅亭
已吐紅。

二零二六年二月二日

采桑子

秦淮春迟

古城墙下莺声脆，曲水雕阑。
月色窗含，一夜风微依旧寒。

去年曾记花开早，今尚星残。
试问关山，飞蝶游蜂何日还。

（2016 年 2 月 18 日）

采桑子

过小华山

江南二月芳菲媚，眼底生辉。
蝶绕蜂围，观景桥头有野炊。

暗香满袖临溪水，舞影徘徊。
浅笑扬眉，绿女红男一大堆。

（2016 年 2 月 21 日）

采桑子

秦淮春半

天心催送秦淮雨，近处花坛。

远处烟含，篱下香清风不寒。

向来梅报春消息，滴翠驱残。

我过吴山，身带余香昨夜还。

（2016 年 3 月 4 日）

采桑子

秦淮春晚

绿云低映回家路，星斗斑阑。

曲岸烟含，垂水枝头不见寒。

暖风吹得啼莺睡，始觉香残。

此去家山，笑踏篱门五里湾。

（2016 年 5 月 2 日）

采桑子

秦淮春雨

天心催送秦淮雨。近霎花
坛。遠廈煙含。篷下春湯風
不寒。向来梅報春消息。
翠跡殘。我過吳山身带
余春昨故還。

二〇二六年三月四日

采桑子

今日天晴，远足寓皖，信手而作。

登高始觉兰亭远，满眼秋光，
笑踏新霜。今日随人非故乡。

当年太守怡山水，醉写文章，
漱石流觞。泉上乔松百尺长。

（2021 年 10 月 17 日）

三字令

友人自三亚来，叙旧事，戏作。

山海韵，满帆风，逐浪中。

天地秀，水溶溶。

送春秋，迎冷暖，捧心胸。

回首看，旧香浓，少相逢。

人易老，耳双聋。

念平生，无大过，药囊同。

（2016 年 3 月 22 日）

陇头月

友人相邀，居地夜观昙花。

果不寻常。

冰清玉骨，夜半来香。

俏立横枝，幽然月影，妩媚正芳。

转头换了阴阳，纷华去、匆匆一场。

大道无言，天公有趣，值得思量。

（2016 年 7 月 3 日）

更漏子

"脱网雁不能去，乃投地而死，何况人乎。问世间，情为何物?"乃元好问千古之问也！北京汪公发来元好问《摸鱼儿·雁丘词》。余夜读，掩卷有思，并戏作一首。

雁丘词，梁祝逝，对对双双贞履。

爱与恨，早和迟，青梅竹马时。

山河誓，许生死，背义从来无耻。

一遍遍，一声声，寸心万古辞。

（2016 年 7 月 16 日）

◎注：

雁丘：今汾水市公园内，有葬雁之遗冢一座；无锡市荡口镇，据清末著名学者俞樾记载，亦有雁冢一处。二者异曲同工，皆述动物为殉情而死。

摸鱼儿

再读元好问《摸鱼儿·雁丘词》并《梁祝传》，步其原韵赋此词。

五千年、将相无数，壁中遗墨谁睹？

颜容虽贵春秋短，不过几番寒暑。

乡轶事，却不歇，子规声里传儿女。

异声同语。

看化蝶纷飞，忠魂直上，振翅随风去。

依稀见，花入山间一路，阶前回首神注。

须知道上无形锁，遗了追思香炬。

云影落，空谷顾，斯人已作黄泥土。

抚今道古。

任裕之多情，连呼带问，目断松岗处。

（2016 年 7 月 17 日）

◎注：

裕之：元好问字裕之。

鹊桥仙

丁酉三月，京西宾馆。居地所见，效易安体而作。

几番风雨，几番冬夏，今日偏多余暇。
南香苑里走千回，垂袖过、皇城根下。

薄衣轻履，至诚老语，池上石头空架。
马桩何必置园中，二三处、真真假假。

（2017 年 3 月 10 日）

◎ 注：

南香苑：这里指居地。

至诚：儒家学说里指最高思想境界。

老语：指旧话。苏东坡有"诗词各璀璨，老语徒周谆"之句。

马桩：即拴马桩，石刻艺术品，相传是镇宅避邪之物。

鹊桥仙

友人画作甚丰，自成一家。填一词致意。

炎光窗下，霜天影里，俯仰春秋高逸。

依稀认得大千风，却又见，悲鸿画笔。

跳珠泼墨，阴云生妒，拍手脱巾挂壁。

仙风道骨古今人，幅幅是，中华气息。

（2017 年 9 月 2 日）

◎ 注：

炎光：指夏天。

高逸：即《高逸图》，晚唐时期著名的中国画。这里指画作水准高。

大千：指张大千。

悲鸿：指徐悲鸿。

鹊桥仙

　　千年古刹浦口惠济寺始建于南朝，寺内三株银杏相传为南朝萧统所植，树龄都在1500年以上。12月6日下午与梁公随国平君游之，一记。

微凉轻透，好风偏细，近水近山天地。
擎天三树涅槃生，千龄叶，几番交替。

昭明书卷，南朝禅唱，天籁之音渐逝。
身心长遂晚云轻，款步过，西边古寺。

（2023年12月7日）

◎注：

　　昭明：即萧统，武帝萧衍长子，史称"昭明太子"，曾在惠济寺读书。

天净沙

春趣

竹林寺外花红，
读书台上春浓，
向晚山头月涌。
清杯笑捧，
微吟汉韵唐风。

（2017 年 4 月 8 日）

◎注：

　　竹林寺：位于镇江南山风景区。

　　读书台：谓萧梁昭明太子读书之地。

天净沙

夏锄

山村雨过云霞，
柳塘风暖桑麻。
小榻旁边是瓜，
　葡萄架下，
香芹吐了新芽。

（2017 年 7 月 15 日）

天净沙

秋见

长山点点枫红，
落花时节秋容，
东去大江月涌。
　好风相送，
重来已是年中。

（2017 年 9 月 16 日）

◎注：

长山：位于镇江市。

天净沙　夏锄

一村雨过云霞。柳塘风暖
桑麻。小扇轻罗过呈瓜。葡
萄架下。青芹吐了新芽。

二零一七年七月十五日

天净沙

冬作

寒光雪夜西风，
冷枝残叶巢空，
休说书斋笔重。
　轻拈慢拢，
秋毫流出芙蓉。

（2017 年 12 月 14 日）

◎注：

秋毫：毛笔。

天净沙（十首）

之一

习作书法积年有余，每日临帖，生活之一部分，亦怡养情性，其乐融融哉。

于今素袖垂肩，

小研新墨无眠，

夜境磨心月见。

右军如面。

学书欢到眉边。

（2023 年 8 月 8 日午间）

天净沙

习作书法积有余。每日临帖。
生活之一部分。知悦养情性。其
乐融融兮。

於焉素袖云肩。小研新墨。
忘眼仿境鹿入月无去军。
妙面。学书欢到眉边。

二零二二年八月八日午间

之二

随南国友人观游南京王谢纪念馆，信手记之。依前韵。

乌衣巷口桥边，

一行留步堂前，

举首深情可见。

旧巢无燕。

有吟休说当年。

（2023 年 8 月 9 日午间）

之三

家山途中，午座有感

故乡天目湖边，

水亭垂柳村前，

熟路轻车莫羡。

枫桥可见。

稻花荷叶溪连。

（2023 年 8 月 10 日）

之四

过西渚

秋塘雨后黄花，

茂林修竹人家，

圃果长藤半架。

太华山下。

晚餐轻酌流霞。

（2023 年 8 月 11 日）

之五

往事可追。时年带队慰问赴疆工作人员。伊利草原尽处远望感慨系之。今赋小令一首，存记。并步马致远《天净沙·秋思》韵，反其意而用之。

边陲得见寒鸦，

最撩清梦人家，

常说金戈铁马。

剑犁天下。

左公望重无涯。

（2023 年 8 月 12 日）

◎ 注：

左公：左宗棠。

之六

央视每日报道俄乌冲突消息二则，一则为俄，一则为乌，消息均来自俄乌媒体。冲突历时五百余天，至今未见停火迹象，双方都付出巨大代价。余填一词以记之。

寒洲黑土粮仓，

铁流烽火沙场。

安是人心所向？

闻多难谅。

万千空壁残墙。

（2023 年 8 月 13 日）

◎ 注：

寒洲：指乌克兰。

之七

愿俄乌早日停战。

何时国泰民安，

世心无善堪叹。

满眼烽烟戚惨，

天呼地喊。

战车重铁衣寒。

（2023 年 8 月 14 日）

之八

读《欧阳修传》一得。

欧阳竞技谁知，

古今胜语堪奇。

秋赋朗朗百字，

至今脍炙。

醉翁人在高枝。

（2023 年 8 月 15 日）

◎注：

欧阳竞技：古之咏雪诗甚多，为提升赋诗的竞技性和艺术性，欧阳修与苏轼等人在雅集时，禁止在诗中出现玉、月、絮、梅、银、白、鹅等物语字眼，此种方式后来叫做"禁体物语"，史称"欧阳体"。

秋赋：欧阳修所著《秋声赋》。

之九

自嘲。示孙儿。

儿时上学难忘，

袖中书本空囊。

夜里油灯欠亮，

济公模样。

细揉根菜加糠。

（2023 年 8 月 16 日）

之十
钟山景区道中

东郊步道林高，
美庐新筑山坳。
雨后斜阳最好，
　桂花开了。
沁香源在秋毫。

（2023 年 8 月 17 日）

◎注：

秋毫：喻花丝。

天净沙

江南贡院夜景

吴天八月风柔，
苍苍夜色中秋。
放眼秦淮左右，
团圆时候。
满街灯火如流。

（2023 年 9 月 26 日）

忆江南

桑泊湖翠虹堤春影

红英漫，十里柳洲长。

左岸清波收倒影，右堤玉蕊吐芬芳。

风暖好徜徉。

（2017 年 4 月 19 日）

忆江南

茅湾途中

蛙声闹，春半去迟迟。

曲径通幽斜照处，长桥浅岸草莲池。

人影水中移。

（2017 年 4 月 26 日）

念奴娇

夜读文集，知"墙上芦苇、头重脚轻根底浅，山间竹笋、嘴尖皮厚腹中空"为明人解缙所撰，不胜感慨。余讥之，空有其表，忸怩作态，不可取也。

秋才三日，便来了，满眼霜天风色。

几缕斜阳江上看，不过晚霞时刻。

绿竹红荷，长亭短榭，多重门庭隔。

天涯游子，立春前后才识。

堪笑垂柳多姿，妖娆曲脊，一个翩然客。

且往堂楼听数阕，有口无心形式。

好个潘郎，花容掩面，顾盼瑶台侧。

秩年惊见，是君多了妆饰。

（2017 年 6 月 19 日）

◎ 注：

潘郎：即潘岳，字安仁。《语林》云："安仁至美，每行，老妪以果掷之，满车。"

念奴娇

　　今日立秋，欣欣然。日前，千岸公传来大作《念奴娇·黄河三门峡今古》。吟读之余，依其韵脚填此长短句，送夏！

晚霞收雨，扫残暑几缕，秋风微起。

人约故园无别意，只见天清流绮。

楚水悠悠，吴山点点，映了千村翠。

风刀剪剔，一年多少磨砺。

莫问座上欢颜，潘郎旧日，岁月坐看逝。

最喜燕山红叶漫，更爱黄花缀地。

荷径拾幽，蝉声播远，触处皆嘘唏。

新凉难表，热浪无见更替。

（2022 年 8 月 7 日）

◎注：

　　黄花：菊花之谓。

附千岸公原玉

念奴娇

黄河三门峡今古

大河东去，过风陵古渡，横堤高起。

可俟水清千世愿，禹迹星连霞绮。

息壤安澜，沙汀落雁，更华崤青翠。

昔时危峡，怎堪澌雪凄厉？

夏祖劈石行舟，冲波折逆，似纵弦锋锐。

直见黄涛吞日月，朝我来超生地。

砥柱中流，功归不让，飞棹听猿唏。

长川奔海，浩然云水天际。

（2022 年 6 月）

◎ 注：

息壤、沙汀、华崤句：指大坝拦水调沙，成效显著，候鸟成群，华山崤山披青染绿，黄河沿线生态改善。

夏祖辟石：传禹挥三斧劈出人门、死门、神门，号称三门。

朝我来：告示下行舟船直指砥柱岛方可脱险。

功归不让：砥柱傲立，不退不让，召唤朝我，始建奇功。

猿唏：唐太宗李世民《入潼关》诗云"古木参差影，寒猿断续声"，可见古时此地有猿猴。

菩萨蛮

政协院内，有洋桃一株，繁花满树，经月不衰。遣兴为记。

春风剪出芳菲影，当窗雪蕊尤新颖。

花映半园庭，夜阑如月明。

虽非香气迸，得见诚为幸。

老树不求名，韵随风雨声。

（2017 年 6 月 23 日）

◎ 注：

雪：这里指夹竹桃花艳如雪。

菩萨蛮

上午，与全林同志赴鼓楼医院探视老书记焕友同志。

看望已在东楼约，房中席暖衣衫薄。

九十岁刚过，忠言回忆多。

情如肝胆凿，形似辽东鹤。

昨日荷霜戈，今天养太和。

（2024 年 2 月 7 日）

◎注：

辽东鹤：喻对时光和故土怀念。欧阳修有"归来恰似辽东鹤"句。

菩萨蛮

兴全祥同志赴玫瑰医院探视
老书记焕发同志。

焕望之在东楼约。房中房
暖衣衫薄八十岁刚过忠
志四忆句。情似肺腑业形
似遥东鹤呐日荷需我之乞

善太和。

二〇二四年三月廿七日

附畔古公答词原玉

菩萨蛮

步韵步意，答定之同志。

人生已与黄昏约，朝来暮去云非薄。

持剑长啸过，回望慷慨多。

碑有民心凿，长记巢巢鹤。

老叟不挥戈，安居以韵和。

（2024 年 2 月 8 日）

减字木兰花

连日高温不退，夜不能寐。宿农家，戏语遣兴。

六龙肆意，千里云蒸皆暑气。

蝉噪高枝，又到江南伏夏时。

很难将息，夜半徘徊无目的。

汗湿罗衣，此等心情踏月知。

（2017 年 8 月 5 日）

◎注：

六龙：古代传说驾日车的为"六龙"，这里指太阳。

醉太平

吴村途中即成

桥前菊香，湖边夕阳。

轻风细细微凉，正深秋路长。

红枫两行，芝兰挂窗。

霞云剪破吴霜，好家乡怎忘？

（2017 年 11 月 1 日）

醉太平

吴村途下即风

桥前菊香。湖边夕阳。轻风细

细微凉。正深秋路长红相雨

行。芝兰挂家。霞云梦破

吴霜。好家乡怅望。

二零一七年十二月二日

东风第一枝

写在 2019 年国庆日

南北同歌，九州同庆，又到华诞时候。

南湖一棹灯明，千寻盼来北斗。

三山推倒，黑暗去，布新除旧。

开启了，千古复兴，万里长征再走。

蘑菇云，可攻可守。

探月舟，前后左右。

更看除弊功夫，武略文韬多扣。

披荆斩棘，肝胆裂，雄歌高奏。

话将来，嘱目沧桑，扬我东方之手。

（2019 年 10 月 1 日）

东风第一枝

南北同歌。九州同庆又到辜
诞时候。南湖一挥碗明。千寻
眺来北斗三峰推倒黑暗去岁
新除旧。闹嚷了千古腾兴。
万里长征有志。争莅云。可
攻守守。探月舟高跃几九。
又为陈碧功夫。武略文韬

多扔。授荊斬棘。肝膽裂雄。

欬高奏。話猗朱。嗚目滚桑。

揚我東方之声。

写於三零一八年國慶節

东风第一枝

古往今来，述赞苏轼之文浩若烟海。予观之，其所以伟大，皆是境界使然，姑且以"东坡境界"概括之。并吟成此调。

人似奇峰，句如流玉，超旷词风骇目。

好持一腔浩然，千里快哉馥馥。

自嘲自解，慷慨去，度成新曲。

起于落，气象恢恢，竹下纳凉何郁。

未曾见，愤世嫉俗。

轻荣辱，平凡可触。

天涯海角归来，桨摇小舟曰福。

黄州寒食，苦中乐，湿苇炊熟。

君莫笑，千古丰碑，唯有苏公景独。

（2023 年 11 月 22 日）

◎ 注：

黄州寒食句，语出《寒食帖》。苏轼被贬黄州，作"黄州寒食二首"，其手稿史称《寒食帖》。诗中有"自我来黄州，已过三寒食""空庖煮寒菜，破灶烧湿苇"句。

忆秦娥

偕友人夜步南京明城墙

秦淮月，清光晚照犹堪绝。

犹堪绝，暗香袭袭，我知非雪。

城头千盏红灯节，女墙迤逦吴天阔。

吴天阔，莫愁亭下，石栏双阙。

（2020 年 6 月 1 日）

◎注：

女墙：城墙上面呈凹凸形的短墙。

忆秦娥

友人画作与诗篇不时微信传来，其出神入化之笔力，受震撼矣。

又忘形，癫狂刀笔持杯铭。

持杯铭，墨魂待客，磊落丹青。

壶中天地生琼英，捻须颔首霜花凝。

霜花凝，韶华掷地，信马人生。

（2020 年 6 月 8 日）

望江南

秋花

粉叶下，瓣瓣是秋风。

玉蕊相依仙子影，天生丽质一丛丛。

怒放月栏中。

（2020 年 10 月 9 日）

◎ 注：

　　秋花：菊花。

望江南

秋收

霜满地，最苦是田农。

白发耕耘沙坝上，薄寒风景稻香浓。

煮酒话年丰。

（2020 年 10 月 15 日）

望江南

入夜，军旅作家王爱国先生传来《望江南》和词一首，余欣然赓续，信笔以遣怀。

堪爱处，微信隔空来。

清韵无华谁料得，君心似雪少陵怀，

顾我读书台。

（2020 年 10 月 18 日）

◎注：

少陵：即杜甫，号少陵野老。

添字浣溪沙

南村观梅杂想

梅蕊枝边倦客来，冉冉花气紧相挨。

香浅香深报春信，斗寒开。

脱俗精神天付与，清风明月满襟怀。

归去便看黄叶路，扫尘埃。

（2020 年 12 月 26 日）

千秋岁

全国政协常委会，列坐其下，听取领导同志工作报告，一乐事也！故而以此词记之。

垂鞭知道，云散千峰俏。

歌一路，东方晓。

天高山水阔，唯是君行早。

青岭上，沧浪万叠都看了。

玉局多含笑，白石倾情到。

蜗角事，无生恼。

大江南北地，雨后风烟好。

今许国，雄辞锐气乾坤扫。

（2021 年 6 月 27 日）

◎注：

玉局：苏轼曾任玉局观提举，世称苏玉局，有"东坡词最有新意"说。

白石：姜夔号白石道人，有"白石词最有雅意"说。

千秋歲

全國政協常委會。別坐其下。聽
取領導同志工作報告一樂事也。
故而以此詞記之。

垂鞭知道。垂敬～華僑殷
一路東方曉。至高山之闊。
唯是羿行早。馬蹄之滄浪
萬疊都秀了。玉局為含笑。

白石坡馮到將角爭。善生憎。

大江南北地。兩役風煙好去征。

國雄踔銳氣乾坤掃。

二零二一年六月二十七日

千秋岁

壬寅九月十四日，得子川先生步苏轼韵词一首。余感其意，念其趣，执笔而作。秋日遣兴矣！

桂影横斜，月华斑驳，树树垂云似天落。

秦淮岸边白露漫，栖霞岭上红枫烁。

小阳春，个中味，耐人嚼！

回首喜看仁者乐，回首蓦知休担阁。

千里千山少停泊。

南湖棹歌采撷去，北疆野火围炉酌。

此番情，杜郎羡，东坡愕。

（2022 年 9 月 14 日）

◎注：

小阳春：民间有九、十月小阳春之说。

担阁：亦耽搁。

杜郎：杜牧。

东坡：苏轼。

西江月

喜迎二十大

昨日横戈堪忆，今朝秣马正酣。

征衣未解月光涵，自是承平肝胆。

但见星转斗移，且看远瞩高瞻。

长歌动地势非凡，内外兼修总揽。

（2022 年 5 月 17 日）

西江月

入夏多时，闷热堪奇。夜间阵雨一场，虽为一时，亦生一喜。吟此阙，记所见。

炎夜星河如昼，长空清镜似磨。

暑蒸四面水无波。喘月吴牛生惰。

一度风来云湿，归时急雨鸣荷。

蝉歌蛙唱竞相和。月影有无戏我。

（2022 年 7 月 10 日）

◎注：

喘月吴牛：原义为吴地水牛见月疑日，惧热而喘气。喻天气极为炎热。

西江月

几经筹备，省诗词协会与南京师范大学合作成立"江苏省诗词研究院"，近日将挂牌，此乃厚植诗词事业之举措也。欣喜之余，填此词，志庆矣。

三月江南欢快，桃红柳绿秦淮。

粉丝新吐两边开，风景这边堪最。

可惜曹公看取，山河不过金钗。

如今携手筑高台，日月星辰细绘。

（2023 年 3 月 11 日）

◎注：

曹公：曹雪芹，著《红楼梦》。

金钗：《红楼梦》书中人物，金陵十二金钗。

西江月

歌曲《罗刹海市》引起热议，余无意参与亦无评论，仅填一词记此文化现象。

今把聊斋翻唱，歌中隐喻谁知。

纵然可见影还稀，将信将疑如此。

喜笑刀郎惊世，松龄树下天资。

借来君语步成词，看雨看风都是。

（2023 年 8 月 2 日晚）

◎ 注：

刀郎：歌曲《罗刹海市》作者。

松龄：即蒲松龄，相传《聊斋志异》一书，是其在树下听南来北往路人讲述故事而成。

行香子

江南入梅半月有余，鲜见雨至，干梅矣！然天道难测，自有其迹。吾等自适其适为至适。晚间徒步绕岸，循环数遍，勾唤思绪，归来吟哦，度成此曲。遣兴哉！

休说风霜，休说奔忙。
也休说谁弱谁强。
两行朱墨，半盏茶汤。
听古今曲，新歌醉，旧歌狂。

依然暑气，依旧桥旁。
依稀闻得稻花香。
此回故里，宜短宜长。
正梅雨天，枇杷熟，杏娇黄。

（2022 年 7 月 6 日）

玉连环

夏日漫兴十题

题一
连日高温不退，江南暑色重矣。

浅水浮萍泥沼，隋堤衰草。

红云片片放横浪，烈日多，芳菲少。

犹觉四时难表，黄梅过了。

山容翠减谷风闲，无滴雨，旱情貌。

（2022 年 7 月 12 日）

题二
小憩民宿所见。

出水红莲花小，露蜓催晓。

山村见月夜听潮，自然性，知多少。

竹色柴门颜好，今年换了。

相看未必似东篱，料应是，新商到。

（2022 年 7 月 14 日）

◎ 注：

新商：新的经营商家。

题三

夜过扬中。

归客陶陶休笑，梦回蓬岛。

故人倾耳满乡音，江上月，澄如皎。

迤逦芳洲水绕，承平无涝。

旧栽新种翠堪看，佳丽地，春知道。

（2022 年 7 月 15 日）

题四

午读一得记之。

稼轩鸥盟可道，山村怀抱。

刘郎陋室志行高，诵遗韵，愁云少。

怀古金陵最好，年年可吊。

香山居士有禅诗，莫轻狂，呵呵笑。

（2022 年 7 月 16 日）

◎注：

稼轩：辛弃疾字。

鸥盟：与鸟为友，喻闲适意。

刘郎：刘禹锡，著有《陋室铭》。

香山居士：白居易号。白居易夏日游寺，作禅诗："人人避暑走似狂，独有禅师不出房。非是禅房无热到，但能心静即身凉。"

题五
今日入伏，咏蝉。

任凭烈阳蒸照，清高独抱。
韵轻调古唱分明，振翅去，林中绕。

露宿风餐够了，未寻新好。
夏来秋去两关情，知时节，无颠倒。

（2022 年 7 月 16 日）

题六

夏到伏中已半，物时将换。
古城山色隔江看，落日处，红霞灿。

夕照黄昏堪叹，夜莺轻唤。
风刀剪暑作餐归，秦淮月，窗间漫。

（2022 年 7 月 17 日）

题七

月光转过西屋，风摇庭竹。

眼前瘦影落阶东，仔细看，扬州鹤。

莫问几时出伏，新冠锁足。

夜窗亮丽向君言，少踌躇，扪心读。

（2022 年 7 月 20 日）

◎注：

扬州鹤：古人有"腰缠十万贯，骑鹤下扬州"之语。这里指池边雕塑。

新冠：新型冠状病毒。

题八

微绽荷花似烛，暗香馥馥。

一湖翠色入城来，掩映处，摇红绿。

烦暑莫烦小酌，无人催促。

幽怀逸性寄沧浪，玄武夜，秦淮曲。

（2022 年 7 月 22 日）

◎注：

玄武：玄武湖。

秦淮曲：明代黎遂球所作。

题九

今日大暑。

垂水柳枝低触，江风浊浊。

横天云浪泻银河，暑如炙，家难宿。

移出朱阑换目，蛛丝网竹。

新凉未到尚堪寻，负手去，阳桃熟。

（2022 年 7 月 23 日）

题十

澄江之夜瞥见，随笔。

今日月华胜昨，江潮回落。

夜阑依有钓竿横，是闲趣，无关欲。

向此茂林修竹，千灯眩目。

归舟渐次自西来，蟾波漾，桥边宿。

（2022 年 7 月 24 日）

摘红英

　　今晨，叶小文主任来电告知，全国政协领导为政协读书活动又作批示，并嘱将本人《以诗词养性情》列入委员读书笔记出版计划。余闻之，深感领导同志垂爱和对读书活动高度之重视。遂填此长短句，以遣怀。

秋风灿，黄花烂，小文传语般般暖。

高台下，牵衣话。

笔流胸次，天教点化。

雅！雅！雅！

言虽短，辞非软，国公朱墨楼中转。

人如画，清无暇。

尺书难寄，寸心难写。

罢！罢！罢！

（2022 年 9 月 1 日）

摘红英

北京，"两会"召开，为友人主动退出领导岗位而作。

年年约，今非昨，坐中高节人争握。

心如烛，神堪鞠。

少长鞭指，扬清激浊。

目！目！目！

征帆落，烟收却，晚舟傍岸江南屋。

东坡竹，渊明菊。

故园归寝，发无羁束。

福！福！福！

（2023 年 3 月 4 日）

◎注：

江南屋：宋王安石退相，择居江南金陵。

发：即头发。

望海潮

昨日，得千岸公怀古词《望海潮》一首，词意旷达，情致慷慨，令人击节。今侍送同仁从栖霞山归来，随伏案步韵敬和。

山头迎照，栖霞风袅，寻胜不是袈裟。

西馆早枫，东亭晚柏，迦蓝住处沙沙。

云脚落低洼，闭门有僧话，香客人家。

淘井南堂，种花种草各生涯。

红荷照水非奢，是清香暗送，兼带流霞。

更值夜阑，新凉纳露，风吹月下蒹葭。

芦浪卷长鲨，忠骨安在哉，血染江花。

贯日凌云气节，依旧放英华。

（2022年9月17日）

◎注：

忠骨：指抗日名将肖令山突围栖霞山，背江而战，无援阵亡。

附千岸公原玉

望海潮

钱塘六和塔怀古

露涸高塔，澜桥横架，雾迷古刹袈裟。

嬴宋冽风，江湖骤雨，当年跃马金沙。

聚义蓼儿洼，断魂睦州道，何处为家？

皈命伽蓝，钱塘涛去渺无涯。

莫言红袖添奢，只晨钟暮鼓，夕照残霞。

星落梦回，悠悠净宇，轻鸥白鹭兼葭。

潮阔逐长鲨，浩荡奔腾至，圆月秋花。

今日乾坤逸朗，天地佑中华。

（2022 年 9 月）

◎注：

　　古刹：指六和寺，《水浒传》写武松征方腊后在六和寺出家，鲁智深、林冲亦于此地辞世。

　　蓼儿洼：梁山泊、东平湖的别称。

　　睦州：宋江统梁山军马征方腊之地。

望海潮（露泗高塔）

望海潮

钱塘六和塔俯去

露泗高滤。澜槡搭架。雾迷

去剥望坐。赢宋别风泓湖漩

雨岩宇躍与金沙。聚義

蓼况汪张魂时波送日雯

为家。版布伽蓝。钱塘湾去

沙色波黄奔孔神涞番只

晨辉著新夕照残霞星茫

梦回处净宇轻腾白鹭

蔷薇潮阔遥连长空浩

荡云腾玉圆月秋花开

乾坤迢朗天地任才华

玄禄千岩同志词一首

如梦令

学习贯彻二十大精神随笔

画卷蓝图辉映，赤帜高扬风劲。

号角鼓人心，强国富民使命。

嘉政，嘉政，上下同谋自盛。

（2022 年 11 月 1 日）

如梦令（画卷蓝图辉映）

如梦令

学习二十大精神随笔

画卷蓝图辉映，赤帜高扬风劲。号角放人心，强国富民使命。嘉政，嘉政，上下同谋向盛。

二零二二年十一月一日

渔家傲

三年疫情渐趋平缓，夫子庙元宵灯会又展，游人如织，盛况空前。余记之。

今夜秦淮灯独秀，长街十里明如昼。

烟水流红风暖柳，春信透，倦游胜境留连久。

最是徐行携故旧，知君无恙天涯走。

谈笑传杯舒两袖，看左右，人欢直到三更后。

（2023 年 1 月 30 日）

唐多令

晨接千岸公《唐多令·致仕归》词一首，诵读，感其辞清气宕，典雅而又慷慨，语语真切。依韵，填此词。

三月柳风柔，秦淮泊古舟。

几往还，春雨才收。

路上行人争挽袖，稚子戏，最堪眸。

含笑别吴钩，优游北固楼。

稼轩句，题在江头。

永遇乐中肝胆照，廉颇健，国无忧。

（2023 年 3 月 16 日）

◎注：

永遇乐：指辛弃疾《永遇乐·京口北固亭怀古》词，此词与《南乡子·登京口北固亭有怀》词，史称辛弃疾怀古双璧。

附千岸公原玉

唐多令

致仕归

烟雨桂江流，峨眉山月秋。

恁时分，笑看吴钩。

欲驾长风亲射虎，举鹏翼，振鸿猷。

何事再回眸？玉兰正白头。

且扶藜，遍览神州。

软履轻衣云外客，听天籁，倚西楼。

水调歌头

步韵千岸公《水调歌头·汉中遗梦》。

青史千年过，川上数英雄。

茅庐三顾论势，宰辅两朝中。

只手敢撑汉厦，剿抚同耕蜀地，柔臂挽强风。

五丈原头日，尽瘁大河东。

孟七放，祁六出，锦囊封。

传奇一世，草船借箭最奇功。

故事沉埋浪底，流去英雄无限，羽扇在巅峰。

莫怅岫云重，举首见飞鸿。

（2023 年 7 月 11 日晨）

附千岸公原玉

水调歌头

汉中遗梦

三顾草庐对，西蜀始争雄。

提刀失却荆楚，幸得汉江中。

筹幄定军细柳，饮马石门衮雪，北伐驾长风。

举目望枢斗，近在渭河东。

出斜谷，刈陇麦，将难封。

卧龙百战，祁山飞渡竟无功。

欲挽嘉陵清浪，怎洗浊尘千里，残照映群峰。

太白秋霜重，素志寄征鸿。

（2023 年 5 月）

◎注：

此篇《水调歌头》，按谢桃坊先生编著的《唐宋词谱粹编》核定的词牌格律填写。

阮郎归

步韵，答千岸公，寄农家。

五湖秋色一船霜，二泉傍夕阳。
阶前花木桂枝香，临风酌小窗。

秋稻熟，月汤汤，天催蟹脚黄。
丰收夜里话偏长，农家来去忙。

（2023 年 9 月 29 日）

◎注：

五湖：谓五里湖。

二泉：无锡名胜地。

附千岸公原玉

阮郎归

秋过苏州

太湖烟水露如霜，渔舟唱夕阳。
流萤点点稻禾香，开樽临小窗。

桂花饼，鳜鱼汤，蟹肥月朵黄。
寒山禅寺夜钟长，沧浪濯锦忙。

◎ 注：

苏州有沧浪亭，北宋苏舜钦写有《沧浪亭记》。

蝶恋花

古往今来，咏梅者甚多，尤以陆放翁、王安石等诗作最为后人传诵。读之生敬，亦生遐想，填此小词，附弄风雅哉。

雪压寒枝千百态。

素面清姿，隐隐篱墙外。

见说唯唯生感慨，丽容无饰尤堪爱。

花少花多非是碍。

花落花开，休说成和败。

花后花前同等待，荣枯撕尽原神在。

（2023 年 12 月 10 日）

人月圆

写在甲辰迎春座谈会上

已闻春棹声声近，新绿涨洲堤。

潮生古渡，桃花带雨，飞燕归期。

寒轻风暖，群英济济，含笑相携。

年年此日，盈盈软语，欢在今时。

（2024 年 2 月 1 日）

人月圆

写石甲辰迎春雅集会上

已闻春棹声声近。新绿涨
湖堤。湖生古渡。桃花带雨
飞燕归期。寒轻风暖景
美济济含美相携牵此日
盈盈软语。欢石之时。

二零二四年二月□日

万年枝

北路独步，贴梗海棠盛开，书之所见。

花似火，压枝红，篱外影重重。
相望未见色为空，无意诘天公。

蜂蝶动，莺语送，树树暗香堪诵。
留春芳径贯西东，人在夕阳中。

（2024 年 3 月 17 日）

·下编·

诗

五绝

余曾作《蓄能电站随笔》七绝二首。粉墨追游，兴起所致，诗中再集一五绝。

山泉出谷鸣，高坝截无声。
夜静西岩宿，遥看斗柄横。

（2020 年 11 月 22 日）

五绝

为友人补笔之余，得一短句。

又见月当空，月同人不同。
故园山色好，丹桂对丹枫。

（2022 年 9 月 11 日）

五绝

壬寅八月十六日，友人告中秋赏月伴听古筝曲《渔歌唱晚》，并传来绝句一首，余步韵和之。

月下秋风爽，天清寿亦长。

从容歌一曲，袅袅绕云梁。

（2022 年 9 月 11 日）

附友人原玉

五绝

昨夜赏月，见阁下诗，有感而发，作新诗而和，以助雅兴。未守格律，仅注。

秋高天无爽，月圆乾坤长。

渔舟唱晚夜，意隽音绕梁。

◎ 注：

听着渔舟唱晚的古筝曲。

五绝

壬寅八月十六日。友人吉甫秋赏

月伴听古筝曲。渔歌唱晚。

芭传末绝句一寺。余步韵和之。

月下秋风爽。江鸿寿而

长涟宏歌一曲。袅袅绕乐梁。

二〇二三年九月十二日

五绝

步马凯公二首

之一
书斋

窗间留日月，心静自看书。
若问旅尘事，杯停休止符。

之二
夜读

灯前身伴影，雨后月风清。
但见史书薄，三更连五更。

（2023 年 4 月 21 日）

附马凯公原玉

五绝

书斋

室雅香泼墨，心清趣读书。
粗茶和古韵，拙笔润新符。

夜读

读书贪夜静，习草养心清。
不觉失声笑，妻曰已几更。

五律

玉兔迎春

初五夜深得千岸公《癸卯春节观梅》诗一首。晨起步韵敬和，以遣兴。

除旧钟声起，庭前白发新。
山茶消夜酒，江雪拥氤氲。
千古王安石，万年李世民。
醉中知元日，守岁满堂春。

（2023 年 1 月 27 日上午作于南京）

◎注：

宋王安石作《元日》诗辞旧迎新；唐李世民有《守岁》诗描写除夕。

附千岸公原玉

五律

癸卯春节观梅

虎兔重相遇，凌寒渐上新。

天风生浩荡，青霭育氤氲。

关塞衣初雪，山河哺万民。

窗前梅已绽，探手可拈春。

（2023 年 1 月作于京郊怀柔）

七绝

十八届一中全会，汪公咏雪，余和之。

六角飞花寒色重，长安霾雾影无踪。
西山素裹窗间见，楼上欣望笑语浓。

（2012 年 11 月 15 日）

◎注：

长安：喻北京。

七绝

悼江苏诗协凌老会长仙逝

空阶夜月片云轻，惊悉凌公驾鹤行。
追忆前秋多少事，南堂雨里悼英灵。

（2020 年 6 月 1 日）

七绝

友人发来大作一首，谓北京十二月十二日大雪，予和之。

古城寒裹雪欺人，惟有梅英不屈身。
耸翠萌蝉成一色，独迎南北满园春。

（2020 年 12 月 13 日）

◎注：

萌蝉：喻梅芽。

七绝

寄友人，趣北京十二月十二日未有大雪，戏作谑之。

未见京城雪半分，为何吟煞屋中人。
若非肠断生惆怅，许是诗肩抖玉麟。

（2020 年 12 月 14 日）

◎注：

玉麟：喻雪花。

七绝

周日，邵庄农业生态园即景随笔。

花香日暖翠云低，柳入山塘百鸟啼。

醉了秦淮三钓客，朝来暮去不知疲。

（2021 年 3 月 29 日）

七绝

阴雨，回家乡扫墓。

天垂四野雨濛濛，祭祀初心岁岁同。

入目草青堪一色，潜然独步小桥东。

（2021 年 3 月 31 日）

七绝

今日立秋，偶感。

夜雨添凉暑气收，梧桐叶叶影飕飕。
家山旧院忘忧处，竹瘦鱼肥慰白头。

（2021 年 8 月 7 日）

七绝

过王谢纪念馆

乌衣巷口一朱门，江左风流水作邻。
老阁前头新柳弱，店家檐下认遗痕。

（2021 年 11 月 17 日）

◎ 注：

王谢纪念馆：即南京王导、谢安纪念馆。

江左风流：语出南齐文学家王俭"江左风流宰相，惟有谢安"，江左，亦
指江东地区。

七绝（二首）

应友人之邀，作藏头诗二首，寄兴。

之一

尤喜凭栏剪翠茵，国相难得性温温。

南望已在偏高处，千尺云松亦靠根。

之二

瞿子祥和岁月馨，明眸澄远最关情。

淑容清韵芳姿在，乐美人家喜自生。

（2022 年 1 月 2 日）

七绝

立秋

雁背红云今日来，人随绿雨昨宵回。

村烟点点新居处，瘦石篱边墨菊挨。

（2022 年 8 月 7 日）

七绝

中秋节，寓民宿。

浩浩长空月一轮，溶溶江水烁成纹。

秋莺低啭枝头去，夜客轻敲稼穑门。

（2022 年 9 月 10 日）

七绝

上午，得千岸公七绝"读《望海楼札记》"诗一首，午间兴起，依意，步韵，敬和之。

远目当登望海楼，平沙落雁晚霞收。

羡君无意高廊坐，携翠唤来人语稠。

（2022 年 9 月 26 日）

附千岸公原玉

七绝

读《望海楼札记》

有日寻珠望海楼，云光水色漫天收。

鲛人泪泣青霜重，淬取凭生岁月稠。

（2022 年 9 月）

◎注：

《望海楼札记》系叶小文著作。

七绝

重阳四首

之一

重阳，读北国友人诗偶得。

莫向重阳道晚情，莫言颜值少人听。

世间哪有春常驻，且上东篱微笑行。

（2022 年 10 月 4 日）

之二

顷接北国友人重阳诗，余步韵而和。

雁逐霜天添旅情，长鸣还是去年听。

纷飞南渡休言晚，经岁回头振翅行。

（2022 年 10 月 5 日）

七绝

读北国友人靖偶滑

莫向重阳道晚晴。莫言

鼓值少人听。世间哪有吾

常醉。且上东篱菊傲笑行。

二零三二年十月四日

之三

子川诸公重阳佳节，互为酬唱，虽非兰亭之雅集，但亦是诗友自身提高之一途径矣。余依韵再和。

雁度寒潭影自清，风梳翠竹与天平。
古城秋色何须说，快意回头步不停。

（2022 年 10 月 6 日）

◎ 注：

雁度句：语出《菜根谭》。

之四

今日雨止。夜话秦淮，随笔。

百折秦淮东复东，千波漾月夜潮中。
舟边几处霜枫过，今岁重阳未见红。

（2022 年 10 月 7 日）

七绝

读《王安石传》十首

王安石，北宋政治家、改革家，毕生致力于富国强兵，扭转积贫积弱。近日得《王安石传》一书，读之并笔记一二。

之一

千古名相千古侯，最高层处牧神州。
声声在耳民为贵，字字穿心见远谋。

之二

万事因循苟且天，汉阴行灌井台边。
革新非独匡时策，除旧更需铁样肩。

◎ 注：

汉阴行灌：《庄子·天地》化出。子贡过汉阴，见种菜老翁抱瓮从井中取水，遂建议用桔槔一起一落汲水，老翁说："有机械者必有机事；有机事者必有机心。机心存于胸，则纯白不备。……吾非不知，羞而不为也。"喻抱残守拙。

之三

新旧相争道不同，补天风骨困其中。

朝纲独守推新政，济世经时亲挽弓。

◎ 注：

新旧相争：寓变法与反变法。

之四

寸步难移寸步谋，圣心无隔圣心求。

位居清要须能吏，璀璨无边璀璨收。

之五

百虑煎心志未酬，忠奸两辩泪双流。

异论相搅何人见，投老金陵作旧游。

◎ 注：

投老：王安石罢相归隐金陵钟山。

之六

莫道师生反目仇，是谁更似浅蓬舟。

世情翻覆如何说，最是多疑不可谋。

◎ 注：

师生反目：喻司法参军郑侠制"流民图"参奏恩师王安石等事。

之七

倾国倾家分主忧，一生正气贯千秋。

知君不是逍遥客，独赞扬雄深意留。

◎ 注：

扬雄：西汉思想家文学家，历成帝、哀帝、平帝三朝。

之八

漫步郡斋心境悠，龟鱼未入小池游。

王雾唱和芙蓉里，递上新诗慎去留。

◎ 注：

王雾：为王安石之子。王安石罢相居金陵，曾作《芙蓉堂》诗一首："投老归来一幅巾，尚私荣禄备藩臣。芙蓉堂下疏秋水，且与龟鱼作主人。"王雾有赓和，其中"直须自到池边放，今世仍多郑校人"二句，借郑国执政子产命小吏将人赠龟鱼放生入池，未果而被烹食之事，告诫父亲不可太过相信貌似忠诚之人。

之九

多才太守欧阳修，寂寂家居不与谋。
作梗危言言可笑，平庸承栋栋堪忧。

◎注：

作梗：相传王安石不赞同神宗起用欧阳修，谓"宁用才德平庸之辈，
亦不宜用作梗之人"。神宗闻之大笑不止。

之十

今日君臣两地秋，六辞金印国添愁。
虽然隔岁东山起，却是张帆搁浅舟。

◎注：

六辞：指王安石六次向神宗请辞。

（写于 2022 年 10 月 11 日至 18 日）

七绝

喜看北国友人画作《石榴》，题之遣兴。

几笔乡思有浅深，春华秋实影沉沉。
天生一副包容态，物我相通即古今。

（2022 年 10 月 24 日）

七绝

防疫措施调整，解封数日。夜步下关，见岸石斑驳，顿生感慨，偶得记之。

非醉非痴一个身，波摇月影夜无尘。
江边石上篙痕重，送走人间多少春。

（2022 年 12 月 17 日）

七绝

善写北国友人画作石榴题
之遣兴。

寄华乡思有浅深。老华
秋实累累之生一副包容
志。物我相通即古今。

二〇二〇年十月三十四日

七绝（十题）

南山竹海乃家乡也！经多年生态涵养与建设，已以旅游胜地名扬大江南北。情不能禁，赋诗一组，聊志家山之恋云尔。

一题

南山竹海有人家，半岭青梅半岭茶。

举步踏云云不见，一汤三味莫喧哗。

二题

一汤三味莫喧哗，含笑村姑面似花。

满桌乡音皆故旧，青梅煮酒任由他。

三题

青梅煮酒任由他，木屋门前停满车。
相约劳生三两个，春山呼我采新茶。

四题

春山呼我采新茶，溪水前头是晚霞。
煮石投壶窗下坐，山灯点点似莲花。

◎ 注：

　　煮石投壶：煮石，喻清净淡泊之生活；投壶，古时一种投掷游戏。

五题

山灯点点似莲花，远近高低影不斜。

长夏吴天非暑夜，风调雨顺两相加。

六题

风调雨顺两相加，秋月云湖四面花。

梵语多枯听者少，长枪短炮对裂裟。

◎ 注：

云湖：位宜兴，邻有大觉寺。

长枪短炮：喻游人摄影器材。

七题

长枪短炮对袈裟，夕照千竿竹影斜。

雨后相逢抿一笑，流连忘返欲迁家。

八题

流连忘返欲迁家，雪压枝头十万花。

秀丽山川应记取，披衣四顾景堪夸。

九题

披衣四顾景堪夸，太白诗中主簿嘉。
千古文章狂态作，湖亭壁上走龙蛇。

◎注：

　　太白：李白曾三到溧阳，当年曾作《扶风豪士歌》，诗赞县主簿窦嘉宾。
　　龙蛇：书法墨迹，这里指后人题壁。

十题

湖亭壁上走龙蛇，山势环回抱彩霞。
步出轻舟寻小径，崖头细辨紫阳花。

（2022 年 12 月 20 日）

七绝（十首）

解封月余，患者日多，生产生活尚未恢复常态。应对措施不断完善推出。乃以小诗记叙若干侧面，以诗存史，天下安危匹夫有责哉。

之一

变化多端一小虫，朝来暮去不相同。

三年抗疫艰辛路，良策千般摸索中。

◎ 注：

小虫：喻病毒。

之二

良策千般摸索中，壬寅今岁不轻松。

古城灯火长街冷，来往行人神色匆。

之三

　　来往行人神色匆，虽居一屋不相逢。

　　地无南北皆如此，线上叮咛千句同。

◎ 注：

　　线上：网络上，如微信。

之四

　　线上叮咛千句同，篱边鸡唱曙微红。

　　冬耕地里人偏少，新岁尤须稼穑丰。

之五

新岁尤须稼穑丰，此时闲步负东风。
人心见在危难处，壮志长怀子不同。

之六

壮志长怀子不同，苍生疫去舜尧功。
悲欢不复真消息，还我君来笑语容。

之七

还我君来笑语容，阴阳转过杠非红。

微微夜雨清风起，今日持杯美酒浓。

◎ 注：

　　杠：抗原检测的阳性提示。

之八

今日持杯美酒浓，西园独座大江东。

彭公笑问平安否？留影中庭有旧容。

之九

留影庭中有旧容，何人与我语言同。

莫愁前路多寒雨，自有穿云长啸风。

之十

自有破云长啸风，春回大地暖融融。

多情状物君知我，贵在郎将各尽忠。

（2022 年 12 月 29 日）

七绝

欣闻小文主任担任换届期间政协委员"读书漫谈群"群主，即吟即赞。

梅报新春别有香，金兔拱岁独呈祥。
书群自有千般意，资政建言第一纲。

（2023 年 1 月 20 日）

七绝

无题

姜公垂钓本无物，新得渭边不系舟。
华发萧萧轻卷袖，梅姿菊影对春秋。

（2023 年 3 月 15 日）

七绝

欣闻山又主任接任换届期间

政协委员、读书授读届之主。

即此即贺。

梅报新春别有香。全党搀

岁物呈祥，书群自有千般

意。资政建言举一纲。

二〇二三年一月二十日

七绝 （姜公垂钓本无物）

七绝　题

姜公垂钓本无物，新滑
渭边不系舟。华发萧萧程
老袖。梅湾为影断春秋。

二零二三年三月十五日

七绝

遵《世纪风采》负责同志嘱，为杂志创刊三十周年而作。

世纪风扬三十年，耕云种月万余天。
古今多少春秋事，尽带墨香呈眼前。

（2023 年 3 月 15 日）

七绝

周五，北国友人有语，读后随笔。

往事如烟好入眠，耕云种月是从前。
山溪活水和鱼煮，野钓竿头不记年。

（2023 年 3 月 17 日）

七绝

省诗协组织理事赴南京江北新区采风，步韵兼和文彰会长。

三春时节聚诗星，翘首争看江北城。

索句挥毫吟不够，芬芳伴我画中行。

（2023 年 3 月 20 日）

附文彰会长原玉

七绝

江北新区（通韵）

江北蒸腾世纪星，地标高耸起新城。

奇思已透樱花色，两岸芬芳送我行。

七绝

昨日友人自南方来，喜不自胜。席间交流常闹笑话，系聋子造话矣！自嘲作此。

已是人间七十翁，答非所问对群公。
但看言笑都相似，只怪偏听指耳聋。

（2023 年 4 月 8 日上午）

七绝

贺叶嘉莹先生百岁寿

抱膝长吟叶落根，朱颜不老住津门。
诗书眼里嘉山水，百岁自工莹玉魂。

（2023 年 4 月 9 日中午）

七绝

叶嘉莹先生百岁华诞诗会，中华诗词胡彭同志朗诵吾之祝寿诗。午间与闻，依前韵再赋一首，以遣兴。

百尺高枝千尺根，诗书煮酒逐黄昏。
雕词琢句休言美，意切情真才是魂。

（2023 年 4 月 10 日中午）

七绝

步马鹤凌先生"海上赏月口占"诗之韵，记癸卯春月马英九先生夜游秦淮河，有感而作。

秦淮水暖月横天，浪拍观光半夜船。
虽是挂冠迟暮旅，怅望皆念一家缘。

（2023 年 4 月 20 日）

◎注：

马鹤凌：马英九先生之父。

七绝（二首）

之一

步千岸同志《紫苑新篁》诗二首韵，依其意而作。

雨后西林天籁音，当阶落影晚霞侵。

新枝老干迎风立，劲节难移最见心。

（2023 年 5 月 29 日）

之二

劲节棱棱励后人，玉清何惧暑风熏。

半规红日相依处，石上千竿摇白云。

（2023 年 5 月 30 日）

附千岸公原玉

七绝

紫苑新篁

一

昨夜惊雷放大音，新篁破土晓风侵。

虚怀抱节青青箨，中有凌云一寸心。

二

紫竹娇姿初面人，仰观红镜感南熏。

闲花野草怎羁络，历尽春雷即入云。

（2023 年 4 月）

七绝

中华诗词协会在泰州举办"2023年扬子江青春诗会",十名青年当选优秀诗人。小作题记。

朝花夕拾板桥前,摘句寻章到水边。

岁岁青春今胜昔,燃藜扬子集群贤。

（2023 年 6 月 7 日）

◎注:

板桥:郑燮,故里兴化隶泰州。

燃藜:汉刘向在天禄阁校书,太乙真人用燃藜杖之光授其文,后皆以之喻劝学。

七绝

读李笃信政委"慧语人生"随笔

形神兼备尽藏情,慧语缄来掷有声。

谈笑开张传不尽,是非荣辱甚分明。

（2023 年 6 月 8 日晨作）

七绝（十首）

之一

夜得友人画作，惟妙惟肖。晨起吟成此绝，生趣哉！

栩栩如生一画图，轻描淡写润如酥。

江南故旧抬头问，此乐无穷有酒无？

（2023 年 7 月 5 日）

之二

友人铅笔画"天女舞"观后一得，依前韵而作。

不用丹青作画图，翩翩起舞软如酥。

奇姿窈窕飞天势，如见琵琶美可呼。

（2023 年 7 月 5 日）

之三

读友人七月五日诗生感，步其韵而作。并以此为休假送行。

如何才是不虚图，胜意多斟塞上酥。

顺势顺时无昧者，清风入座我欢呼。

（2023 年 7 月 6 日晨）

◎ 注：

塞上酥：塞上佳酿。

之四

近朱者赤。步友人七月六日午间诗之韵，再和。

得陇望蜀岂能图，那是沙雕个个酥。

雨打风吹多散去，南山寿面满村呼。

（2023 年 7 月 6 日）

之五

步韵，再和友人。

千古曹杨两种图，诛除假手在分酥。
儿时夜读悲难止，日落高风代代呼。

（2023 年 7 月 7 日）

◎注：

曹杨：曹操、杨修。

之六

步韵，再和友人。

孙郎索骥只循图，妙诀荒唐滑似酥。
故事醒人垂世誉，根除未尽总需呼。

（2023 年 7 月 7 日）

◎注：

孙郎：伯乐之子孙阳。

之七

顷接友人新作，步韵赓和，为潜心研习画作而歌。

一片深情付画图，无尘纸面墨流酥。

拈须一笑欣然顾，鸟啄新泥振翅呼。

（2023 年 7 月 7 日晚八时）

之八

探友而归，正值夜雨绵绵。步韵再和友人。兼题癸卯江南七月时天。

长生不老岂能图，当下堪珍友点酥。

今岁黄梅多好雨，归来听得笑声呼。

（2023 年 7 月 7 日）

之九

步友人赓和。兼怀无锡蠡湖整治。

莫笑当年决战图，今才始有水如酥。

湖边树色多新意，舟去三山招手呼。

（2023 年 7 月 8 日）

◎ 注：

　　三山：即太湖三山岛。

之十

步七月七日诗韵，和之。

吹杖燃藜劝学图，谁知浊物食脂酥。

袭人花气非常在，公子无缘含泪呼。

（2023 年 7 月 8 日）

◎ 注：

　　浊物：贾宝玉自称，爱食女子粉黛胭脂。

　　袭人：贾宝玉身边丫鬟，本名花珍珠。宝玉引古诗"花气袭人知昼暖"，为其更名。

　　公子：贾宝玉，句出《红楼梦》："堪羡优伶有福，谁知公子无缘"。

七绝

步韵，题在学军同志诗外。

图前图后是非图，酥浅酥深白发酥，
秦淮千古同一月，轩窗照水故人呼。

（2023 年 7 月 9 日）

七绝

当年慰问走访南海驻岛部队和渔户，随想。步前韵。

宛若游龙九段图，椰林深处信风酥。
他年一度音尘绝，今日登临战士呼。

（2023 年 7 月 10 日）

◎ 注：

九段：指南海九段线。

七绝

复胡彭同志"晒书节"诗作

怀古题诗一尺长，江东弟子未忘乡。
篇篇昨读非凡笔，句句今看有汉唐。

（2023 年 7 月 24 日晨）

◎注：

"晒书节"：清初学者朱彝尊满腹经论，他在六月初六这天袒肚露胸晒太阳，谓之晒书，却被微服出巡的康熙看见，后经交谈和面试，封为翰林院检讨，负责撰修明史。此后，读书人都在这一天晒诗书、晒字画，民俗称之"晒书节"，南方尤甚。

江东弟子：胡彭同志系徐州人士。

七绝

挽沈鹏先生

鹏栖翰墨最高枝，书界寒空肠断时。
凤翥朝阳十四载，寿翁今日歇天池。

（2023 年 8 月 22 日）

◎注：

十四载：谓沈鹏先生 1991—2005 年任中国书法家协会代主席、主席。

七绝

早晨，全林兄传来哈尔滨之行风景照数张，其伉俪照片甚为优雅。余喜作一笔，记之。

北国冰城处处秋，江南旧客喜重游。
十里长街洋味在，素颜留照笑点头。

（2023 年 9 月 7 日）

七绝

连日阴雨不止。镇江养老院看望老人归来。

秋风带雨肩头过，当院桂枝花不多。
待月亭中呼我坐，床前抚手问如何？

（2023 年 9 月 24 日午间）

七绝

今日雨止，晨出散步，瞥见偶得。

菊黄朵朵近窗旁，桂子团团叶带霜。
两处容颜皆国色，清晨万步独闻香。

（2023 年 9 月 28 日）

七绝

久日雨止晨出散步，督足偶滑。

菊黄朵朵近窗旁，枝子团团

叶带霜。两届寒颜皆国色，

清晨万步得闻香。

二零二三年九月二十六日

七绝

中秋遇雨

许是苍天昏了头，错将梅雨嫁中秋。

本应今日观明月，可叹阴重无寸钩。

（2023 年 9 月 29 日）

七绝（十首·外一首·续二首）

癸卯中秋，散见随笔。

之一

又到万人争睹时，野望今夜最相宜。
山村民宿皆新价，谈笑休吟出格诗。

（2023 年 9 月 29 日）

之二

又到万人争睹时，瘦肩今着去年衣。
有谁能赋秦淮月，惆怅心情莫入诗。

（2023 年 9 月 29 日）

之三

又到万人争睹时，夜游身在石湖西。

灯前父老翻谜底，廊上儿童读古诗。

（2023 年 9 月 30 日）

之四

又到万人争睹时，双城一会未推迟。

离怀总有团圆日，两岸同台即是诗。

◎ 注：

　　双城：即上海与台北每年轮流举办的"双城论坛"。

之五

又到万人争睹时，古城墙上数红旗。

蟾波影里多归客，燕子矶头说御诗。

◎ 注：

御诗：乾隆六下江南五登燕子矶，每次都有题诗。

之六

又到万人争睹时，蟾光影里意迟迟。

举头非慕调羹事，千里江山入我诗。

（2023 年 10 月 2 日）

之七

又到万人争睹时，不眠长夜月华移。

昨随书友同登眺，一话中秋二话诗。

之八

又到万人争睹时，夜潮随月过华西。

东坡有句传千古，水调歌头超旷诗。

◎注：

华西：位江阴市，位长江下游段。

水调歌头：这里指苏东坡《水调歌头·明月几时有》千古绝唱词。

之九

又到万人争睹时，玉兰二度拥花后。

眼前新雪无需扫，待我为君留首诗。

◎注：

新雪：喻玉兰花。

之十

又到万人争睹时，清光素魄夜堪奇。

古人望尽悲欢事，我作连宵限韵诗。

◎注：

限韵：即限字之诗韵。

外一首

又到万人争睹时，世间哪有不分离。

阴晴圆缺天常在，余裕心情化作诗。

（2023 年 10 月 3 日）

续二首

之一

车站送子房兄。

又到万人争睹时，南来北往是归期。

风迎雨送廊台上，陡见横空励志词。

之二

过伊犁河，追往事而记。

又到万人争睹时，秋风劲里过伊犁。

一波千折奔俄去，勒马回看边塞诗。

（2023 年 10 月 5 日上午）

◎ 注：

一波：伊犁河。

奔俄：伊犁河源天山，后入巴尔喀什湖，该湖原曾被沙俄占有，现属

哈萨克斯坦。

七绝

依韵，步意，答文彰院长。

山村风软月华明，长涧花溪水有声。
尤喜农家柑橘熟，更惊网店满江城。

（2023 年 10 月 1 日）

附文彰院长原玉

七绝

乙未中秋

露湿黄花春复秋，停云清梦入乡愁。
半生风雨长安客，遥系莱衣上月楼。

七绝

寄北国友人

身居画室有清风，竹菊梅兰在我胸。

持笔台前安稳坐，东坡境界不言中。

（2023 年 10 月 6 日）

七绝（三首）

之一

写在诗协沿海采风之际，为盐城点赞。

隐隐滩涂候鸟飞，东方湿地草萋萋。
呦呦麋鹿成群过，生态优先万古题。

之二

为南通点赞。

江海潮生一段奇，满帆争发顺天时。
长三角里濠河畔，下了一盘先手棋。

◎ 注：

濠河：南通古护城河。

之三

为连云港石化产业基地点赞。

管网纵横密似丝，盐田不是去年姿。

桥头堡下春归日，石化新城崛起时。

◎注：

　　盐田：连云港石化产业基地原为滨海盐田。

　　桥头堡：连云港有新亚欧大陆桥东方桥头堡之称。

（2023 年 10 月 17 日）

七绝

癸卯话秋，片段三则

一则

早秋无雨亦无风，老树垂成荫不浓。
只见农家负担去，循溪徐入稻花中。

二则

中秋多雨又多风，君在江边意不浓。
仰面非怀天上月，夜桥灯火半空中。

三则

晚秋论雨又论风，一介书生古意浓。
昨日追游千里外，今晨漱石旧居中。

（2023 年 10 月 22 日）

七绝

随笔三则

之一

收到海南省老书记卫留成同志著作《行知天涯》，笔直意简话真，读后喜作。

日前知得有书来，今坐灯前手自开。

好个人间烟火句，美文当读百千回。

（2023 年 10 月 25 日）

之二

得老领导顾浩同志新诗体著作《中华雅颂》，诵读之余，步前韵作之。

雅颂中华八韵来，入时新体卷头开。

衷肠吐露风华在，山水寄情求索回。

（2023 年 10 月 26 日）

◎注：

八韵：一种新诗体。

之三

读《高昌诗词选》有感，步前韵而作。

吟风诵雨一如来，入世诗花出世开。

岁月沧桑回望去，千寻上下抱真回。

（2023 年 10 月 26 日）

七绝

依韵，答小文君。

叶公题字妙言来，好语流香笑口开。
小文虽短新风入，嚼出芬芳舞袖回。

（2023 年 10 月 29 日）

七绝（八首）

旅寓宜兴太华山，随笔。

之一

窗间月过放清光，散入田间一片霜。
此处挂冠呼自足，农家醉蟹与君尝。

之二

西风过处减芳芳，仅见篱边霜菊黄。
小住山村才二日，便闻前殿失栋梁。

之三

十月深秋未觉凉，金风送爽水云长。
山川大美须天赐，眼底横波是竹乡。

之四

竹叶轻弹我脸庞，山生瑞气好徜徉。
秦淮河畔金陵客，偏爱宜兴老地方。

之五
咏竹

入眼高低柔亦刚，此身天设断无双。
东坡寄兴多栽种，郑燮披图莫说狂。

之六

山前几片老茶场，喜见当年已改良。
秋节寒轻多处绕，披云踏雾话沧桑。

之七

山横水曲竹苍苍，淡饭粗茶分外香。

雨打梅村图画出，风摇熟果写文章。

之八

题宜兴揽云谷

一廊飞架谷中央，两阁临风满座香。

岭上鸟巢人爱住，斜阳影里地苍苍。

◎注：

两阁：揽云阁与东坡阁。

鸟巢：谷中游客宿处。

（2023 年 11 月 7 日—9 日）

七绝

步文彰同志韵贺宿迁市诗联协会四代会召开

秋菊抱拳辞岁时，楚风吴韵寄心期。

江淮同和多吟唱，曲上衲田凝翠姿。

（2023 年 11 月 15 日）

◎ 注：

衲田：宿迁市有"衲田花海"一景。

七绝（十首）

之一
题海口观澜湖国际高尔夫球场

场内英姿肤不同，高球落在彩旗东。
平湖似昼千灯照，冬日胜春角逐中。

之二
题三亚免税店

北往南来客不同，满街灯火夜更红。
今宵驻足无他语，目睹琳琅感慨中。

之三
题澄迈桥头镇红薯

绵密如沙自不同，无丝粉糯两相融。

晨餐静候人争爱，口齿留香回味中。

◎注：

桥头镇红薯富硒，为地理标志农产品，远销海内外。

之四
题海南热带雨林

琼州山水郁葱葱，湿雨凉云四季同。

黎母岛心生态好，苍苍南国画图中。

◎注：

黎母：即黎母山，海南岛热带雨林核心区。

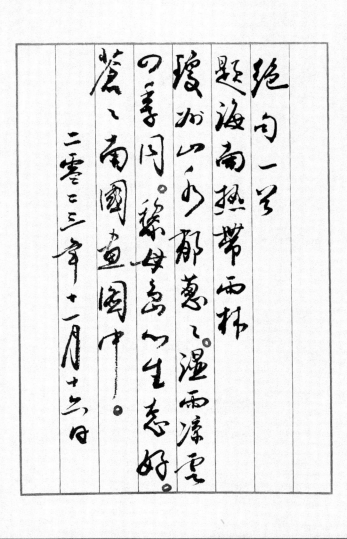

绝句一首

题海南热带雨林

瘦枝小小那蕙兰、温雨凉云

四季闲。黎母岛山生态好。

茫茫南国画图中。

二零二三年十二月十六日

之五

题三亚国家南繁基地

神州一角四时同，良种千顷代代丰。

天下安危唯足食，无边感慨在其中。

之六

题文昌卫星发射场

椰风轻拂夕阳红，塔似天梯箭似峰。

待到神舟腾地起，山峦举目九霄中。

之七
题洋浦经济开发区

一度君行逆旅中，而今可以藉东风。
形神兼备登高去，产业兴区气自雄。

之八
题橡胶园

后人应记前人功，十万知青慷慨同。
热血和胶融一体，以身许国不言中。

◎注：

20 世纪 60 年代全国各地有十万知青奔赴海南，参加农垦建设。

之九
题海棠湾度假区

新筑海棠非旧容，四龙横卧半湾中。

风柔浪软观心处，雨打芭蕉声不同。

◎注：

四龙：海棠湾毗邻亚龙湾、龙栖湾、龙沐湾和龙腾湾。

之十
题万宁市潮音寺

笔架山头草木浓，千年故事趣无穷。

梁溪病叟应安在，代代相传口口同。

◎注：

千年故事：一说"东山再起"故事源于潮音寺。

梁溪病叟：北宋名臣李纲号此。

（2023 年 11 月 16 日—17 日）

七绝

江南丘陵众多，偶成。

菊喜霜天我喜秋，坐看河汉莫生愁。
高低起伏西阳下，南麓门前十万丘。

（2023 年 12 月 2 日）

七绝

栖霞山观枫，偶成。

莫问梅香有没有，冬时曾到雪中求。
眼前风色尤须惜，一岭枫红先说秋。

（2023 年 12 月 2 日）

七绝

周日读书，偶成。

陶令归来菊送秋，唐诗半部杜郎修。

王维爱作禅房句，边塞高岑千古留。

（2023 年 12 月 3 日）

◎ 注：

陶令：陶渊明。

杜郎：杜甫，唐诗集大成者，诗作甚多。

王维：盛唐诗人，后人称为"诗佛"。

高岑：唐中期诗人高适、岑参，边塞诗代表人物。

七绝

秋日玄武湖即景

风拂堤边玄武柳，石头城下桨声柔。

汀洲点点皆霜色，舟过芦花扑上头。

（2023 年 12 月 3 日）

七绝

读书随笔

三国周郎赤壁舟，孔明借箭草船收。

不知浪底千年骨，几个成仙已脱囚。

（2023 年 12 月 3 日）

七绝

步韵，和友人。

彭祖关门八百秋，天教连岁本非修。

为君旷放追看去，未料推心危语留。

（2023 年 12 月 3 日）

◎注：

彭祖：神话人物，寿长八百。

危语：相传彭祖长寿之秘由妻泄出。

附友人原玉

七绝

南方词来硕如秋，君览唐诗日日修。

捻须常作惊人句，桑榆佳境信手留。

七绝

散见五则

之一
山村民居所见

篱边丛菊斗寒开，承露金茎联袂来。
夜月片云乡语软，坐中吴客在遣怀。

之二
窑湖旅景

南园昨夜故人来，午后荡舟渐次开。
湖上波清风袅袅，归来已是月相挨。

之三
夜读偶得

周日埋头读书台，勾勾画面自徘徊。
非图金玉非图禄，世语分明好释怀。

之四
夜读再成

世语分明好释怀，唐诗万首细心裁。
宋词千页思量读，郁雨悲风何处来。

之五
龙盤路社区食堂开业

非是梅香扑鼻来，但教春意巷中开。
盘餐馥馥愁云去，养老居家声不哀。

（2023 年 12 月 9 日）

七绝 牧溪渍墨浔

闲日埋头渍墨书甚与画
画自排细。纸图室玉非图
禄。世法今明好释怅。

二零三四年十三月六日

七绝

龙盘路社区食堂开业

非是梅香扑鼻来，但教

春意花中开，盘羹积、迩

云云。善老居家养不衰。

二〇二三年十二月九日

七绝（三首）

之一

小雨数日，漫步江洲一得

寒雨秦淮十里柳，纤姿柔态拂人头。

古城若有胜他处，便是眼前千百舟。

之二

寒中走访老同志

百步坡旁未久留，故人已在叶公楼。

庭中古树龙盘势，苍苍劲骨出墙头。

◎注：

　　百步坡：位金陵五台山侧，若干民国风格小楼筑于此。

七绝

寰中走访老同志

百步坡旁朱久唱，故人已
去叶公楼。庭中大树盘龙
势，苍苍动骨出墙头。

二〇二三年三月十四日

之三

为海南休假友人题记

海韵椰风把客留，天涯地角任君游。

兴隆一把咖啡豆，香满琼州吊脚楼。

◎注：

吊脚楼：黎族特色建筑。

（2023 年 12 月 14 日）

七绝（二首）

雨中游栖霞山，随笔二则。

之一

偶上栖霞觉寺深，嵯峨石径景沉沉。

满堂僧俗持香坐，合一身心不易吟。

之二

偶上栖霞觉寺深，香楼叠叠雨沉沉。

山门千过回头语，不入禅房也净心。

（2023 年 12 月 15 日）

七绝

北京南京先后降雪。崇先同志参加"纪念馆毛泽东主席诞辰130周年诗词论坛"归来，作七绝一首赠余。余亦步意而和。

故国城头寒气催，诗肩裹雪帝州来。
银田玉界三千里，此境亲逢有几回。

（2023 年 12 月 16 日）

七绝

吴村所见

残雪离离寒逼人，竹墙根下鸟呼春。
非花非叶今相顾，积润梅条色已新。

（2023 年 12 月 17 日）

七绝

吴村偶得

我本乡间耕作人，深知稼穑最艰辛。

天公作美还家去，老屋翻新住一春。

（2023 年 12 月 18 日）

七绝（二首）

下午，传来千岸公赴三亚度假诗三首，余步公第二首韵而作。

之一

年前作客宿天涯，海韵椰风枕浪花。

难得沙滩留一影，邀君同席酌流霞。

之二

劳形暂放到天涯，月月椰风月月花。

纵有芭蕉荫似盖，开襟还是日边霞。

（2023 年 12 月 23 日）

附千岸公原玉

七绝（三首）

冬日由京城赴三亚

一

昨夜寒英写玉妆，凌风转影竞飞飏。

一声呼啸穿云出，万里长天尽艳阳。

二

一路追云到海涯，慈航始见净莲花。

忘情鸥鹭随柔水，争与游人戏晚霞。

三

椰树清风万竿斜，沙湾深处有人家。

收帆信守龙宫约，却待来年富鲅虾。

（2023 年 12 月）

◎注：

净莲花：指南海观音慈颜莲座巨塑。

收帆：喻南海休渔期。

七绝（二首）

友人赓和酬唱，雅俗兼容，此乃人生之一趣也。寄三亚度假诗翁。

之一

夜雨芭蕉意最浓，怡红快绿水溶溶。

多年未睡囫囵觉，一枕鼾声压闹钟。

◎ 注：

怡红快绿：《红楼梦》贾宝玉怡红院上的匾额。

之二

北国岁寒风雪中，南天岭秀自葱葱。

会心诗句欢相续，试作新声奉与公。

（2023 年 12 月 25 日）

七绝（三首）

接钟振振教授诗一首，步韵和之。兼祝元旦快乐！

之一

好将西子比西湖，韵出天然色色殊。

湖得山岚增锦绣，人添素意胜陶朱。

◎注：

西子：西施别名。

陶朱：范蠡自号。

之二

又将西子比西湖，一抹丹青两画图。

新岁相逢新屋里，今年不用去年壶。

之三

谁将西子比西湖，通判一诗千古无。
笔底通神仙气出，铺笺吟罢踏浪呼。

◎ 注：

通判：苏轼任杭州通判时，作《饮湖上初晴后雨》诗二首，中有"欲把西湖比西子，淡妆浓抹总相宜"之千古名句。

（2023 年 12 月 29 日）

七绝

中律而不受律缚，乃作诗之要义，随感记之。

工而能化意幽幽，语丽非为吾所求。
关合无痕藏雅俗，人间百态笔中收。

（2023 年 12 月）

七绝（二首）

之一

晨接家正主席《咏茶》诗一首，并茶花照一张。依韵赓和。

眼前依是去年枝，漫雪柔条非旧时。

袅袅牵风浑似舞，尔枯今日我题诗。

之二

依前韵又及。

荣枯转换世人知，蔓态柔条寸寸丝。

几许苍苍归去后，枝头冷浸雪花澌。

（2024 年 1 月 5 日）

附家正主席原玉

七绝

咏茶

名花谱中无此枝，枯萎恰是绽放时。

漫山遍野如雪舞，遂成惊天动地诗。

◎注：

茶：茅草之花，《国语·吴语》中用"如火如茶"形容军容之盛。

七绝（五首）

之一
菜市口

午饮街边一碗茶，山泉之水泡黄芽。

还家待得春风至，再访西墙蝶恋花。

（2024 年 1 月 18 日）

之二
效高昌体而作，兼题燕山。

一方天地一方花，一岭山川一岭茶。

一抹余辉肩上过，一边明月一边霞。

（2024 年 1 月 19 日）

附北国友人和唱原玉

七绝

一首诗词一束花，一盅清酒一壶茶。
一生含笑穿堂过，一片斜阳一片霞。

之三

兔岁将逝，龙年将至，随感。

匆匆岁月快如风，晚取斋号鹤发翁。
捣枕捶床非我好，三餐趁热酒一盅。

（2024 年 1 月 20 日）

之四
题友人画作。

松竹梅兰君子风，凌寒劲节性相同。
若无清气铭心骨，何立苍苍大地中。

（2024 年 1 月 21 日）

之五
写在剑华同志太平门春联悬挂之际。

古城墙上古人风，翰墨淋漓泼在冬。
展轴高垂三百尺，雄联一副似长虹。

（2024 年 1 月 22 日）

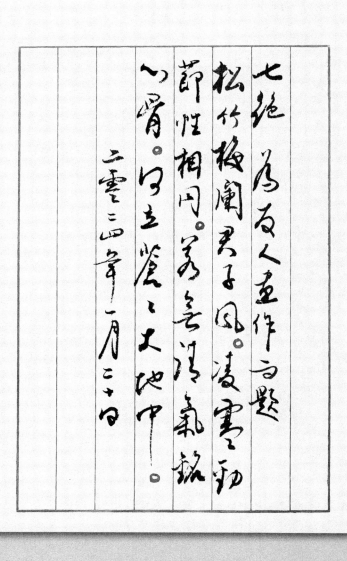

七绝 为友人画作而题

松竹梅闻君子风。凌霄劲
节性相同。莫言傲气稀
入骨。自立岩峰天地中！

二零二四年一月二十日

七绝

秦淮河边拾遗十首

之一
花架

百花潭畔动诗兴，排比纵横十二层。

但见前盆争吐秀，焉知后罐不腾腾。

之二
花工

百花潭畔动诗兴，迎面江洲烟水凝。

欲语流莺频顾盼，园丁新岁剪枯藤。

◎注：

王安石有"流莺探枝婉欲语，蜜蜂掇蕊随翘股"句。

之三
老圃

百花潭畔动诗兴，船在脚边人未登。
老圃新栽浑不识，江城丽色逐年增。

之四
对梅

百花潭畔动诗兴，十里秦淮月色澄。
尤爱篱边梅脸嫩，枝枝萼萼暗香升。

之五
望芦

百花谭畔动诗兴，芦岸深深风色胜。
潮退沙鸥声阵阵，浪推东水万千层。

◎注：

　东水：东流之水。

之六
待春

百花潭畔动诗兴，侬见荷池薄薄冰。

待得衔泥飞燕到，鸳鸯出入水中菱。

之七
怀古

百花潭畔动诗兴，漫说当年拜杜陵。

入眼难知真面目，南登仅见土层层。

◎ 注：

　　杜陵：位西安。

之八
月夜

百花潭畔动诗兴，十五秦淮月似灯。

夜色撩人无倦客，金陵板鸭带香蒸。

之九
鬼脸城

百花潭畔动诗兴，鬼脸城旁池水澄。
片石岩中枝袅袅，夕阳斜照碧层层。

◎ 注：

    鬼脸城：位石头城园内，水成岩经年风化，形似鬼脸，故称。

之十
清凉山

百花潭畔动诗兴，扫叶楼高今日登。
虎踞无言千古寺，清凉山上二三僧。

◎ 注：

    扫叶楼：位南京清凉山公园，著名景点。

    虎踞：相传诸葛亮语金陵为"钟山龙蟠、石城虎踞"，虎踞即喻清凉山
蹲踞江岸而称。

（2024 年 1 月 22 日—28 日）

七绝

读宏坤同志 2023《闲坤散记》有感

韵清辞简感斯文，硬语盘空本是真。

晚得疏朗人未老，寻常之处见乾坤。

（2024 年 1 月 30 日）

七绝

夜雨潇潇不止，又闻春雷动地。喜之戏之，自乐自娱。

天公作美抱春回，昨响甲辰第一雷。

雨后当随泥燕去，莫教同事寄茶来。

（2024 年 2 月 20 日）

七绝（三首）

之一

友人南下踏春，随笔。

闻君近日去昆明，旧友相邀取次行。
云水西南山色好，煮茶呼客最牵情。

之二

江滨公园，依前韵，偶得。

三千叠石筑池亭，百尺流泉驻足听。
一架花藤春剪破，风翻绿叶已分明。

之三

步东坡《东栏梨花》韵，写在茅山陵园。

山埋忠骨草青青，为吊英魂昨出城。
老少含悲天幕静，持花千束送清明。

（2024 年 3 月）

七绝

南京"玄武讲堂",听取《中华诗词》主编高昌学术报告,收获良多,写此短句以记。

高情雅致石城行,昌龄诗风贾岛情。

先切后磋言凿凿,生疑顿释析分明。

(2024 年 3 月)

◎ 注:

石城:南京古称。

昌龄:唐代诗人王昌龄,有誉称其为七言绝句"诗天子"。

贾岛:唐代诗人,以苦吟著称,"推敲"二字,由其诗作《题李凝幽居》而成典。

七律

41℃高温连连不断，虽立秋数日，依是大地如烤。感而作。

秋后依然汗浴衣，热浪滚滚实堪奇。

骄阳似火非残暑，田水如汤难入犁。

山下莲房花不吐，峰头月小转来迟。

奈何长日无风雨，负手相望空皱眉。

（2022 年 8 月 12 日）

七律

电视剧《人世间》观后，步韵寄友人。

岁月回肠节序明，峥嵘坎坷水烟平。

人心写在低微处，讷口藏重天地轻。

纵使千难难驻足，须知万苦苦生情。

俯身流岸长望去，举首前看木已荣。

（2022 年 9 月 22 日）

七律

菊

溪烟澹澹漫桥东，村叟留连日影中。

灿灿篱边无倦客，幽幽巷里有葱茏。

旧枝新发层层见，节换时移岁岁浓。

香浅香深都不是，唯求逸气与君同。

（2022 年 10 月 16 日）

七律　菊

溪烟澹澹漫桥东。村野留
连日影中。妆点篱边之什
容。逐老霜前惠丽丛。
枝新蓊茏之亂。前换时移
藏之浓。香浅馬深都不管。唯
求远气共尹同。

二○三二年十月十六日

七律

顷接千岸公《忆敦煌》一首，欣然提笔，步韵和之。

古道秋深景万千，沙都锁钥少风烟。

胡杨不朽铮铮骨，大漠长流汩汩泉。

西出阳关丝路在，东来陌上花雨连。

留君夜饮陇南酒，昨日神舟又问天。

（2022 年 10 月 30 日）

◎注：

沙都：敦煌别称。

丝路花雨：已成文化符号，雨字出律未改。

附千岸公原玉

七律

忆敦煌

西去楼兰路八千，遥看大漠杳人烟。

驼铃日暮阳关道，沙角风鸣半月泉。

妙写丹青臻净土，梦回汉将斩祁连。

党河新柳双双燕，常忆敦煌碧玉天。

◎注：

　　双双燕：甘肃当地人士观察，近年敦煌莫高窟一带春夏之际有燕子活动，并有增多趋势。

七律（六首）

夜深，友人传来七律诗六首，余捧读良久，不能寐。步其韵，逐一敬和之。

之一
无锡吟

春风约我下江南，四月山河寸寸蓝。

寄畅园中人不断，鼋头渚里梦正酣。

催归细雨添行色，返照斜阳入翠岚。

今日登临看不尽，东林不是去年坛。

（2023 年 5 月 13 日）

◎ 注：

寄畅园、鼋头渚、东林：均为无锡古迹胜地。

七律　无锡竹枝

春风约我下江南。○月○河

寸寸蓝天畅围中人不歇宵。

歌清里梦正酣。催归细雨

涤新色。逗照斜阳入翠岚。

不日繁忙庐不尽。栗林不

是去年坛。

二零二三年五月十三日

之二

捻花湾小镇

新筑禅乡不一般，横陈百折太湖湾。

岸深桥小花开处，棹短舟长春水潺。

今坐吴船穿雨过，更寻大隐到灵山。

此身非是行香客，只恋苍梧屡复还。

（2023 年 5 月 13 日）

之三

赞苏州

沧浪亭下水含情，拙政园中梅影横。

杖底虽多前殿事，翻书却是后来声。

东城滴翠皆春色，西廓垂花高树成。

吴语初闻知道少，弹词一曲奏分明。

（2023 年 5 月 14 日）

◎ 注：

　沧浪亭、拙政园：均为苏州古迹。

　东城、西廓：分别为苏州新加坡工业园和苏州高新区。

七律 贺苏州

滚滚春潮下不舍情。拓政园
中梅影摸。枝底难为高歌
事，翻书却是后来声。东
城滴翠皆春色。雨廊垂花
高树减。晏鸿初闻欲道少。
弹词一曲更分明。

二〇二三年子月十西日

之四
太湖三山岛

浮玉含香独秀春，落英铺地好惊人。

穿云叠石留青壁，抱月姑亭傲世尘。

笔架三山书壮烈，平湖四面写精神。

回头喜见枇杷熟，举首更寻梅子真。

（2023 年 5 月 15 日）

◎注：

叠石、姑亭：均为岛上胜迹。

笔架三峰：太湖三山岛又称。

精神：喻苏南发展历程中"踏尽千山万水，吃尽千辛万苦，说尽千言万语，历尽千难万险"的"四千四万精神"。

之五

读《浦江夜游》有感

春水江边千树红，轻波拍岸自生风。

三年宾客留连醉，百丈明珠座不空。

昨有辉煌题柱上，今将新作刻墙东。

龙头点额乾坤震，扛鼎还须气势雄。

（2023 年 5 月 16 日）

◎ 注：

三年：喻抗疫历时。

明珠：东方明珠电视塔。

龙头：喻上海。

之六

读《党的一大会址》有感

络绎于途人满门，争看座上旧时痕。

时迁境异初心貌，昨奠今瞻动地魂。

应记艰难休驻足，莫教骄慢负乾坤。

辉煌再铸看天下，万里承平举世尊。

（2023 年 5 月 17 日）

七律

写在江苏省诗词研究院，诚聘叶嘉莹先生担任学术顾问之际。

一生吟诵致乾坤，耿耿初心属国魂。

万里行程多海外，千山踏尽住津门。

携来典籍传心曲，趣入诗篇续雅论。

春到秦淮今可见，诗肩笑把晚霞吞。

（2023 年 7 月 29 日）

七律

读千岸公"吟老叟梦回"七律诗，联想日前翻读"项羽本纪"篇，步韵和之。

英雄不肯过江东，万灶无烟逐断鸿。

巨鹿沉舟曾破釜，彭城铁骑斩悲风。

黄昏热血撕残月，漳水河边凿帐篷。

闲读旧书何事嘱，千年故事理相同。

（2023 年 9 月 13 日下午）

附千岸公原玉

七律

步韵吟老叟梦回

长河日夜径流东，独坐江亭赏暮鸿。

云破天惊曾旧梦，寒来暑往又秋风。

经年热血随征鼓，济世方舟挂远篷。

向晚渔歌邀白发，初心明月四时同。

（2023 年 9 月）

◎注：

应邀以东、鸿、风、篷、同为韵作诗，步韵一首。

七律

步千岸公《登西岳望秦》韵，癸卯立冬日作。

华山扼险洛阳西，迤逦群峰似斗箕。

天作莲花千丈秀，风摇雁落百般奇。

秦关昨日无新月，楚户当年有旧犁。

自古高人多逸事，无为淡欲大希夷。

（2023 年 11 月 8 日）

◎注：

莲花：华山峰巅巨石，状似莲花瓣，故谓之。

雁落：华山西侧一顶谓雁落峰。

秦关：喻老子骑牛西去之关隘。

楚户：《史记》有"楚虽三户，亡秦必楚"语。

附千岸公原玉

七律

登西岳望秦

黄河东去渭河西，太华朝天近斗箕。

一石成山尊为岳，双峰函谷最称奇。

冲关紫气垂青野，御宇金戈铸玉犁。

自古秦中英武地，高秋爽日伫清夷。

◎ 注：

一石成山：据勘测华山为一块巨石构成，通体花岗岩。

冲关紫气：传说老子骑青牛出函谷关，伴之紫气东来。

御宇金戈句：指秦始皇完成统一大业化剑为犁。

七律

中华诗词协会举办毛泽东诗词观研讨会，纪念主席诞辰130周年。马凯同志赋诗一首，余步韵赓和。

百卅年来春复春，世人常作缅怀吟。

回看大地沉浮事，更觉雄姿辗转神。

不是昨天鞭魍魉，何来今日指乾坤。

时迁境异奇文在，俱是承平依韵人。

（2023 年 12 月 21 日）

七律

春日即兴，依韵答克畋教授。

我约春神共举盅，坐中相伴有雷公。

风来雨去声声暖，蝶绕蜂围寸寸红。

晏子眼前莺语乱，醉翁亭下柳烟浓。

去年曾饮蓬莱酒，今岁更寻尘外踪。

（2024 年 2 月 16 日正月初七）

◎注：

晏子：晏殊，其词《诉衷情》有"恼他香阁浓睡，撩乱有啼莺"句。

附　录

四言

　　剑华主席乃报告文学之大家，诗作见之不多。五月五日，他传来《访中国天眼》一文，并附"小诗"一首。余读后随笔一短句遣兴。

　　　　　　诗小风高，
　　　　　　君心可道。
　　　　　　随手捻来，
　　　　　　寄怀正好。

　　　　　　　　　　　　　　　（2023 年 5 月 5 日）

附剑华主席原玉

访中国天眼

云贵高原上，崇山峻岭中。
无中生天眼，昂首向苍穹。

欲穷万里目，遥感外太空。
若遇宇宙人，欣然结新朋。

手机铭

　　昨晚，北京小文同志传来刘禹锡《陋室铭》，并附书友《微信铭》《交友铭》《老人铭》《闲心铭》等诸作，余效其体，念其意，随趣作此赋。

足不出户，信息很灵。

人不入市，买卖分明。

斯是手机，日夜为朋。

低首捻须看，闭目摇头听。

发者未识面，收者有共鸣。

可以刷抖音，不留名。

无书卷之旧气，无笔砚之老形。

方寸小世界，古今大纵横。

商家云：全民皆有。

（2022 年 6 月 6 日）

故 乡

有一种温暖叫乡情。日前，江苏召开发展大会，海内外乡贤汇聚南京，为故乡的发展鼓掌，加油。乡音浓浓，乡愁依依，乡心如初。余因此作散文诗一首，以记事！以遣怀！

故乡的路最近，也最远；

故乡的梦最短，也最长；

故乡是一本读不完的书，

也是一条绘不尽的画廊。

不论脚步在哪里，

身上总有一个故乡的背囊。

外面的世界很美，

出发时总是穿着母亲收拾的行装。

渐行渐远也好，奔波劳碌也然，

起点终点也罢，故乡总是那么难忘。

寒来暑去进退两忙，乡愁怎能丈量，

但天南海北都在浅斟低唱。

吴天的软语，楚地的汉韵，

运河的舟影，秦淮的秋霜。

这就是我的故乡！

就是那生我养我的地方！

她永远都散发着迷人的芳香。

（2023 年 5 月）

山村之夜

风儿放慢了脚步，月儿爬上了山岗。

没有车水马龙，没有纷扰喧嚣。

沉寂的小溪啊，又见了往日的流淌。

朦胧的竹影哟，散发着阵阵的清香。

走一走，看一看，

这里有如水的月光，这里有儿时的梦想。

星儿闪烁着光芒，鸟儿收起了翅膀。

东家筑在坡上，西家顺着涧下。

绿色的瓜果啊，挂满了新编的篱墙。

弯弯的小路哟，尽头是安宁的村庄。

走一走，看一看，

这里有自然的友好，这里有手捧的善良。

（2023 年 6 月 24 日）

山村之夜

风儿放慢了脚步。月儿爬上了
山前。没有雷与马龙。没有纷
扰喧嚣。沉寂的小溪流过了
往日的流淌。朦胧的竹影映散
蔽着阵阵的泥香。走一走在
岸。这里有风儿的月光这里
有笑时的梦想。星光闪烁着

光芒。现收起了翅膀。東家
筑在坡上。两家呀着涧下绿色
的瓜果呀。堆满了新编的篱笆。
鹭的小路呀。画题是安宁
的村庄。走一走一步。这里
有自然的友好。这里有主释的
善良。

二零二三年六月二十四日

写在后面的话

兴趣是最好的老师。我热爱诗词，说乐此不疲、废寝忘食、自找苦吃都不为过。这数年来，自己也确实倾注了很多精力。《红楼梦》有句话叫："无赖诗魔昏晓侵"。诗词习作中，我对此深感共鸣。一首诗词里一个字不妥帖，或是一句话没想出来，从早到晚都在想，有时半夜里突然想到一个词或者一句话，立即翻身起床把它记在小本子上，真的好像是着了魔一样。尽管如此，作为一个爱好者，言不及意、浮在表面、炼字不足、累赘有余等在本书里是随处可见的。我愿意改正，敬请各位领导、专家学者和友人不吝赐教。

诸多领导同志、专家学者和友人在我习作诗词的过程中，给予了许多的指导、包容、理解，这是我前行的动力。在这里要特别感谢良师益友畔古同志，几乎是每首诗词，畔古同志都给予了我热情洋溢的鼓励和点评，正是由于他的肯定、爱护和支持，使我在这个园地里耕耘采撷了十数年。中国社会科学院文学研究所刘宁教授是中国古典文学研究专家。十三届全国政协在汪洋主席倡导下，专门开设了"国学读书群"和"诗词古今谈"两大平台，刘宁教授负责导读指引工作。其间，她以自己的深厚学养、艺术通透和生动解读，为我们带来了一道又一道古典文学的精美大餐。正是得益于这样一个学习机会，我有幸结识了这样一位领军人物，感谢她百忙之中为本书作序。叶小文同志是一位学养深厚的领导同志，本书的付梓倾注了他的亲切关心和帮助，由衷感谢他别具一格的赋词为序。林峰同志得知本书付梓，欣然作序，他的精心析解，使我深感温暖，同时，也增添了自身继续学习前行的信心和力量。本书基本成稿后，我又诚请南京师范大学古文献整理研究所所长、中国韵文学会会长、清华大学特聘教授钟振振同志，江苏诗词研究院院长、一级作家子川同志为本书作品逐一作了审改，感谢他们精心研读和修正，为本书增加了成色。还要特别感谢中华诗词杂志社胡彭主任编辑，胡彭同志是我每首诗词的第一读者，他热情无私的帮助指导，使我深为感动和难忘。中国书协孙晓云主席得闻本书定稿，欣然题写书名，体现了特别的关爱。在本书付梓之际，我要由衷感谢人民出版社总编辑辛广伟同志给予的热情支持和本书责任编辑刘畅博士的精心编辑，正是由于出版社提供的关心和帮助，使本书得以顺利出版。

是为记。

钟与月

2023 年 9 月

封面题签：孙晓云
责任编辑：任文丽　刘　畅
装帧设计：石笑梦

图书在版编目（CIP）数据

却是多情笑我：钟与月诗词集 / 钟与月著.

北京：人民出版社，2024. 9. -- ISBN 978 - 7 - 01 - 026702 - 9

I. I227

中国国家版本馆 CIP 数据核字第 2024NJ756 号

却是多情笑我

QUE SHI DUOQING XIAO WO

——钟与月诗词集

钟与月　著

人民出版社 出版发行

（100706　北京市东城区隆福寺街 99 号）

北京九州迅驰传媒文化有限公司印刷　新华书店经销

2024 年 9 月第 1 版　2024 年 9 月北京第 1 次印刷

开本：710 毫米 ×1000 毫米 1/16　印张：17.5

字数：240 千字

ISBN 978 - 7 - 01 - 026702 - 9　定价：69.00 元

邮购地址 100706　北京市东城区隆福寺街 99 号

人民东方图书销售中心　电话（010）65250042　65289539